湖

川端康成

文集6

湖

夏末——不，這裏應該說是初秋，桃井銀平出現在輕井澤。他先換下舊褲子，穿上新買來的法蘭絨褲，在新襯衫上再套一件新毛線衣。這是一個濃霧之夜，冷颼颼的。他連藏青色的雨衣都買來了。在輕井澤要買齊全套現成衣服倒是很方便。鞋也很合適，舊鞋就在鞋店裏脫下扔掉了。可是，裹在包巾裏的舊衣物又怎麼處理呢？把它扔在空別墅裏，到來年夏天不至於被人發現吧。銀平拐進小路，來到空別墅的窗邊，伸手開窗，窗板卻釘死了。撬開它吧？眼下又有點膽怯。覺得像犯罪似的。

銀平不知道自己究竟是不是作為罪犯受到追捕。也許受害者沒有控訴自己的犯罪行為。銀平把那包舊衣服扔進廚房門口的垃圾箱裏，心情痛快了。不知是避暑客懶惰還是別墅管理人怠慢，沒有好好清除垃圾箱，把那包東西一塞進去時，發出了壓擠濕紙的聲音。那包舊衣服把垃圾箱的蓋子撐得有點隆起，銀平沒有介意。

剛走了約莫三十來步，他回頭看了看，眼前出現一幕幻影：只見垃圾箱周圍，成群的銀色飛蛾在霧靄中飛舞。銀平停下腳步，打算將那包東西取回來。銀色的幻影卻從頭頂的落葉松上閃過一道朦朧的藍光，爾後消失了。落葉松像是路旁的街樹，綿延不斷。盡頭是一扇裝有飾燈的拱門。那原來是土耳其澡堂。

銀平進了院落，就用手摸了摸腦袋。髮型還合適。銀平的一手絕技，就是用安全刮臉刀修剪自己的頭髮，總是令人驚嘆不已。

被稱為土耳其女郎的澡堂女把銀平領到浴室裏。從裏面關上門，澡堂女便脫去白罩衫，上身只穿胸罩。

這澡堂女還幫銀平解開雨衣的釦子。銀平抽冷子躲閃了一下，便聽任她擺布了。她蹲在他腳前，連襪子都替他脫下。

銀平進了香水浴池。瓷磚的顏色映襯出一泓碧綠的池水。香水味兒並非最佳的。銀平從信濃這家小客棧到那家小客棧，一路東躲西藏地走過來，對他來說，這種香氣宛如鮮花的芳香。他從香水浴池裏出來，澡堂女又一遍給他沖洗全身。她蹲在他的腳前，連腳趾縫都用手給他洗淨了。銀平俯視著澡堂女的頭。她的秀髮披散在雙肩上。好像舊時的婦女沐浴後披散著頭髮一樣。

「給您洗洗頭吧。」

「什麼？連頭都給洗嗎？」

「來……給您洗。」

銀平忽然膽怯起來。他只用安全刮臉刀修剪過頭髮，經澡堂女這麼一說，心裏嘀咕道：自己好久沒有洗頭，夠臭的。可他還是用雙肘支在膝上，向前探出頭去。她用肥皂水搓揉他的黑髮，他已不畏縮了。

「妳的聲音真悅耳動聽啊？」

「聲音？……」

「對，聽後久久縈繞在耳邊，依依不肯消散，彷彿有一種異常優美愉悅的東西，從耳朵的深處滲到腦髓裏來。任何蠻橫的人聽到這種聲音，也會變得和顏悅色……」

「哪兒的話，聲音太嬌了吧。」

「不是嬌，而是無法形容的甜蜜……充滿了哀愁，洋溢著愛情，是明朗而清脆的。也不同於歌。妳，是在談戀愛？」

「不，要是就好囉……」

「等等……妳說話的時候就別那麼使勁抓頭……害得我也聽不見妳說什麼哩。」

澡堂女停下了手，困惑地說：

「真叫人難為情，我沒法說話了。」

「人的聲音居然如此像仙女的聲音啊。即使只在電話裏聽兩、三句，也覺得餘韻無窮，惋惜不已。」

銀平說罷眼眶噙滿了淚水。他感到這位澡堂女的聲音裏，充滿了純潔的幸福和溫暖的同情。也許是一種永恆的女性的聲音，慈母般的聲音吧。

「妳老家在哪兒？……」

澡堂女沒有回答。

「是天國嗎？」

「唉呀，在新潟。」

「新潟？……是新潟市？」

「不，是個小鎮。」

她的聲音變得低沉，還帶點顫抖。

「是雪國，身體一定是非常潔淨囉。」

「不乾淨呀。」

「身體就是潔淨，可我從未聽過這樣優美的聲音。」

搓洗完畢，她用提桶裏的熱水給他沖洗了好幾遍，然後用大毛巾裹住他的頭，擦了擦。又簡單地梳了梳頭。

接著在銀平腰間圍上了一塊大毛巾，讓他進了蒸汽浴箱裏。她是打開四方木箱的前板，輕輕地把他推進去的。箱子上方的板上有一道槽，可以把頭伸出來。待把頭放在箱子正中後，澡堂女就落下蓋子，把那道槽也堵住了。

「是斷頭台嘛。」銀平不由得吐出一句。他睜大眼睛，有點害怕，左右轉動著露在洞外的腦袋，掃視了一下周圍。

「也常有客人這麼說。」她沒有發覺銀平的恐懼心理。銀平望了望入口的門扉，把視線落在窗子上。

「把窗關上嗎？」她朝窗那邊走去。

「不。」

由於瀰漫了蒸汽浴的暖氣才打開窗戶的吧。浴室裏的亮光灑在室外的榆樹綠葉上。榆樹粗大挺拔，亮光照射不到繁枝茂葉的深處。銀平彷彿聽見微弱的鋼琴聲透過幽暗的樹葉傳了過來。音不成調，無疑是一種幻聽。

「窗外是庭院嗎？」

「是。」

夜間微亮的綠葉籠罩下的窗前，站著一位肌膚白皙的裸體姑娘，這是銀平無法置信的世界。姑娘光著腳站在粉紅色的瓷磚上。果然是一雙年輕人的腳，膝蓋後面窪陷處卻蒙有陰影。

銀平心想：如果自己獨自在這間浴室裏，大概也會像把脖頸露在板洞外被人勒緊一樣，感到忐忑不安吧。他坐在椅子似的東西上，從下半身熱起來。後面好像也是一塊熱板，他把背靠在上面。箱子的三面都是熱的，也許都在冒出蒸汽吧。

「要待幾分鐘呢。」

「各人愛好不同，一般十分鐘……習慣了，也有待上十五分鐘的。」

入口處的衣櫃上，放著一只小座鐘。澡堂女看了看，才過了四、五分鐘。她擰乾了一條毛巾，放在銀平的額頭上。

「唉喲，熱氣已經開始蒸騰了。」

銀平只有腦袋露在板箱外，是一副正經的面孔。他已有餘暇思考：自己大概很滑稽吧。他撫摸著暖乎乎的胸膛和腹部。都是濕漉漉的了。不知是汗珠還是蒸氣。他閉上了眼睛。

客人進入蒸汽浴箱以後，澡堂女就忙不迭了。傳來了舀香水浴池熱水和洗刷沖澡處的聲音。銀平聽起來恍如海浪拍擊著岩石一般。兩隻海鷗在岩石上大展雙翅，彼此用嘴相啄。故鄉的海，浮現在他的腦際。

「幾分鐘了？」

「七分鐘了。」

澡堂女又將擰乾的毛巾放在銀平的額頭上。銀平泛起一股清涼的快感，冷不防地將脖頸向前伸了伸。

「好痛呀！」他這才甦醒過來。

「怎麼啦？」

澡堂女以為銀平是被熱氣蒸暈了，將落地的毛巾撿起來，又貼在銀平的額上，用手按住。

「要出來嗎？」

「不，沒什麼。」

銀平產生了幻覺。那是一種追隨這個嗓音優美的姑娘後頭的幻覺。那是東京的某條電車道。人行道兩旁的銀杏樹還殘存在他的記憶裏。銀平汗流浹背。他意識到腦袋露在板洞外。形似套上枷鎖，身體動彈不得，也就歪起臉來。

澡堂女離開銀平身旁。對銀平這副模樣，她有點不安。

「就這樣只伸出腦袋，你看我有多大歲數？」銀平試探了一句。澡堂女不知如何回答才好。

「男人的歲數，我可猜不著。」

她沒有端詳銀平的腦袋。銀平也沒有機會說明自己是三十四歲。他估計澡堂女還不到二十歲。從肩膀、腹部乃到腿腳來看，她都是個處女，這似乎是可以肯定的。她幾乎沒有擦胭抹粉，臉頰顯出稚嫩的粉紅色。

「好了，出來啦。」

銀平的聲調帶著幾許哀傷。澡堂女把銀平咽喉前面的板子打開，抓住繞在他頸上的毛巾兩端，小心翼翼地把銀平的脖子拉了出來，就像拖貴重的東西似的，然後給他揩拭全身的汗水。銀平在腰間圍了一條大毛巾。澡堂女在靠牆的躺椅上鋪了白布，她讓銀平趴在那上面。從肩膀開始，替他按摩了。

按摩不僅是揉捏，還用巴掌打，銀平過去從來不知道。澡堂女的手掌雖是少女的手掌，卻格外有力，連續在背上猛烈拍打。銀平的呼吸也急促起來，勾起了他的回憶：幼子用圓乎乎的巴掌使勁拍打自己的額頭，自己低頭看他，他就拚命地打在自己頭上。這是什麼時候的幻覺呢。不過現在這個幼子是在墓地的底層用手瘋狂地敲打著覆蓋在他身上的土牆。監獄那堵黑漆漆的牆壁從四面向銀平逼將過來。銀平出了一身冷汗。

「是在撲什麼粉嗎？」銀平說。

「是的，您覺得不舒服嗎？」

「不。」銀平慌忙地說，「又出一身汗啦……如果有人聽見妳的聲音，還覺得不舒服，這瞬間，正是他要犯罪哩。」

她突然停住了手。

「我這類人一聽見妳的聲音，其他一切彷彿都消失了。其他一切都消失，也很危險。聲音，像是不斷流逝的時間和生命，既抓不住，也追不上的啊。不，不是這樣嗎。就說妳吧，妳什麼時候都能發出優美的聲音。但是，妳這樣一沉默下來，無論誰也不能勉強讓妳發出優美的聲音呀。即使強迫妳發出驚訝聲、憤怒聲或者哭泣聲，那聲音也不會動聽。因為用不用自然的聲音說話是妳的自由啊。」

澡堂女就是有這種自由而沉默不響。她從銀平腰部按摩到大腿。連腳掌心、腳趾都按摩到了。

「請翻過身來，仰臥……」澡堂女低聲地說，聲音小得幾乎聽不見。

「什麼？」

「這回請您仰臥……」

「仰？……是仰臥嗎？」銀平一邊用手按住圍在腰間的大毛巾，一邊翻過身來。澡堂女剛才略帶顫抖的喃喃細語，恍如一陣花香撲進銀平的耳朵裏，銀平動了動身子，花香也隨之撲來。芳香般的陶醉，從耳滲入心田。在過去是不曾體會到的。

澡堂女將身體緊緊地靠在窄小的躺椅上，站著摩挲銀平的胳膊。她的胸脯彷佛貼在銀平的胸上。她發育還不十分豐滿。她的長臉蛋略帶古典色彩。額頭不寬闊，也許是沒把頭髮梳得鼓起，而是往後梳理的緣故，顯得頎長，那雙炯炯有神的眼睛更加清澄了。從脖子到肩頭的線條也還沒隆起，胳膊圓乎乎，嬌嫩欲滴。澡堂女的肌膚光澤逼得太近，銀平不得不閉上眼睛。他眼裏看見的，是木匠用的釘箱裏裝滿了細釘，釘子都耀出銳利的光。銀平睜開眼睛，仰望著天花板。天花板塗的是白色。

「我飽經風霜，身體比年齡顯得蒼老吧。」銀平喃喃自語。但是他還沒說出自己的年齡。

「三十四歲啦。」

「是嗎？很年輕嘛。」她控制自己的感情，壓低聲音說。然後輪到按摩銀平的頭部、按摩靠牆那邊的胳膊。躺椅的一側貼著牆壁。

「腳趾又長又乾癟，有點像猿猴哩。妳知道，我很能走路……每次看到這醜陋的腳趾，我總是毛骨悚然。妳那隻白嫩的手連那兒都按摩到了。妳給我脫襪子的時候，沒嚇一跳嗎？」

澡堂女沒有搭話。

「我也是在本州西北海邊生長的。海岸邊的黑色岩石凹凸不平。我常光著腳丫，用長腳趾像緊緊抓住岩石那樣在上面行走呢。」銀平半真半假地說。銀平為了這雙難看的腳，在青春期不知編過多少回這種謊言了。這雙腳連腳背的皮膚也是又厚又黑，腳掌心皺巴巴，長腳趾骨節突出面彎曲，令人望而生畏，這倒是事實。

如今他仰臥著讓人按摩，看不見腳丫，手搭涼棚望了望。澡堂女給他從胸部揉到胳膊。正是乳房上方的部位。銀平的手長得不像腳那樣異常。

「您在本州西北的什麼地方呢？」澡堂女以自然的聲音說。

「本州西北的……」銀平支支吾吾，「我不願意談自己的出身地。我和妳不同，已經沒有故鄉了……」

她並不想瞭解有關銀平老家的事，也沒有要留心打聽的樣子。這間浴室的照明不知是怎樣裝置的，在澡堂女身上竟沒投下陰影。她一邊按摩銀平的胸膛，一邊將自己的胸部傾斜過來；銀平閉上了眼睛，無所措手足。他想把手伸在腹側，又擔心會不會觸到她的側腹。他總覺得，哪怕只是指尖觸到人家，自己也會馬上挨一記耳光。於是，銀平一陣衝動，彷彿真的挨揍了。他嚇了一跳，想睜開眼睛。可眼皮怎麼也睜不開。他用力拍打眼瞼，眼淚幾乎都要淌出來，痛得如同用燒熱的針扎了眼珠子一樣。

打在銀平臉上的，不是澡堂女的巴掌，而是藍色的手提包。挨打的時候，他不知道是手提包。挨打之後，才看到手提包落在自己跟前。銀平也弄不清究竟是人家用手提包揍自己，還是將手提包扔給自己。總之，手提包狠狠地打在自己的臉上卻是千真萬確。在這當兒，銀平甦醒過來……

「啊！」銀平喊了一聲。

「喂喂……」銀平差點把那女子叫住。轉眼他想提醒她失落了手提包。可是那女子已經消失在藥鋪拐角那邊了。藍色的手提包，就在馬路當中。它的存在彷彿成了銀平犯罪的確鑿證據。只見手提包的銅卡口處露出了一疊千元鈔票。銀平一開始看到的不是鈔票，而是作為犯罪證據的藍色手提包。因為她扔下手提包逃走，銀平的行為似乎構成了犯罪。銀平就是在這種恐懼中把手提包撿起來的。發現一千圓鈔票而大吃一驚，那是撿起手提包以後的事了。

後來銀平也曾懷疑過：那家藥鋪是不是自己的幻覺。奇怪的是，屋敷町一家商店都沒有，卻孤零零地存在著這家破舊的小藥鋪。但是，蛔蟲藥的招牌明明立在店鋪入口的玻璃門一旁。更不可思議的是，在進入屋敷町的電車道拐角處，有兩家對稱的相同水果店。兩家都擺了一排裝有櫻桃、草莓的小木箱。銀平尾隨那女子走過來的時候，除了那女子，什麼也沒看見。不知為何，那時唯獨兩家相對的水果店突然躍入他的眼簾。也許是他想把通往那女子家的拐角記住的緣故吧。水果盒裏一粒粒擺得整整齊齊的草莓，也都刻印在眼睛裏了。那裏確實有水果店呀。或許是電車道拐角處，只有一側有水果店，自己錯以為兩側都有吧。那種時候未必不會把一件東西看成是兩件。後來，銀平的想法反覆地在對抗，想去弄清楚是不是有水果店和藥鋪。事實上，那條街是否存在也不大明確。他只是在腦子裏描劃著東京的地理，大致估計罷了。對銀平來說，那是女子的去向，就是一條路，僅此而已。

「對了，她大概不是打算扔掉吧。」銀平一邊接受澡堂女的腹部按摩，一邊無意地喃喃自語，忽然睜開了眼睛。沒等澡堂女發覺，又把眼簾垂下。他的眼神也許有點像地獄裏的怪鳥。關於女子手提包的事，幸虧沒有說漏嘴把扔掉的東西和扔東西的人講出來。銀平抽緊肚皮，爾後痙攣起來。

「癢得慌呀。」銀平說罷，澡堂女放鬆了手。這回真是癢了。銀平樂得放聲笑起來。

不管是那女子用手提包揍銀平也好，還是將手提包扔給銀平也罷，直到現在，銀平仍是這樣解釋：那女子一定以為自己是衝著手提包裏的錢才這樣跟蹤她的；她的恐懼心理爆發了，才扔下手提包逃跑。不過，也可能那女子不是打算扔手提包，而是用手裏的東西來趕走銀平，不料用力過猛，手提包脫手而出。無論哪種情況，從女子將手提包一晃、橫打銀平的臉這點看來，兩人的距離可是相當的近。許是來到寂無人聲的屋敷町以後，銀平不由自主地縮短了跟蹤的距離吧。許是女子發現銀平的來勢，冷不防扔下手提包逃走吧。

銀平的目標不在於錢財。他沒有發現，也不曾想過女子手提包裏裝了一大筆款子。他本來打算消滅這犯罪的明顯證據，拾起手提包才發現裏面裝有二十萬圓大鈔。兩疊平整無折的十萬元鈔票，還有存摺。看來女子是剛從銀行出來回家的路上，她定會以為自己是從銀行開始就給人盯梢了。除了成疊的鈔票外，只有一千六百塊錢。銀平打開存摺，只見上面支出二十萬圓之後還剩下約莫兩萬七千圓。這就是說，她提取了大部分的存款。

銀平從存摺上瞭解到，女子名叫水木宮子。如果說他的目標不是圖財，而是被女子的魔力牽縈，那麼，他應該將這筆錢和存摺送還給宮子。但是在銀平來說，是不會將錢歸還原主的。正如銀平尾隨女子一樣，這筆錢財恍如有魂魄的精靈，也緊追著銀平。銀平偷錢，這還是頭一遭。與其說是偷，莫如說是錢財魘住銀平，總不願離去。

拾手提包的時候，哪談得上是偷錢。撿起一看，手提包就包含著犯罪的證據。銀平把手提包挾在西服的腋下，小跑到電車道。偏巧不是穿大衣的季節，銀平買了一塊包巾，急匆匆地出了店鋪。用包巾把手提包包起來。

銀平租了二樓一間房子，過著獨身的生活。他將水木宮子的存摺和手帕一類東西，放在炭爐上燒掉了。沒有記下存摺上的地址，也就不曉得宮子的住處。

直到此時也沒有打算把錢歸還原主。燒存摺、手絹和梳子固然會有氣味卻還好些，如果燒手提包的皮革，定會更臭，於是他用剪子把手提包剪成碎片，一片一片地往火上添，花了好多時間。手提包的銅卡口、口紅和粉盒上的金屬不易燃燒，半夜裏就扔到陰溝裏。即使被人發現也不要緊，這些都是常見的東西。他將用剩的口紅擠了出來，不覺打了個寒顫。

銀平注意收聽廣播，仔細閱讀報紙，卻都沒有報導有關搶劫裝有二十萬圓和存摺的手提包的消息。

「唔，那女子還沒去報案呢。她一定有什麼隱私不能去吧。」銀平喃喃自語，驀地覺得有一堆奇怪的火焰照亮了陰暗的內心深處。銀平之所以尾隨那女子，是因為女子身上有一種吸引人的東西。可以說他們都是同一個魔界裏的居民吧。銀平憑經驗明白這點。想到水木宮子可能和自己是同類，他就心蕩神馳了。於是，他後悔沒記下宮子的地址。

銀平跟蹤宮子的時候，宮子肯定很害怕。即使她自身沒有這種感覺，恐怕也會有劇痛般的喜悅吧。人，哪能只有主動者的快樂而沒有被動者的喜悅呢。街上有許多美女，銀平卻偏偏選中宮子跟蹤，難道不就像染上毒癮的人找到了同病相憐者嗎。

銀平第一次跟蹤的女子——玉木久子的情況就是如此明顯。說是女子，久子不過是個少女。她年紀比聲音優美的澡堂女還小，是個高中生，又是銀平的學生。銀平和久子的事被發現後，他就被開除教職了。

銀平尾隨到久子家的門前，他被那扇門的威嚴嚇得停住了腳步。連接石牆的門扉，在鐵柱格子的上方刻有蔓藤花樣。門扉敞開。久子從蔓藤花飾的對面，回過頭來朝銀平喊了聲：

「老師！」蒼白的臉上飛起了一片潮紅，豔美極了。銀平也臉頰發熱，用嘶啞的聲音說：「啊，這裏是玉木的家嗎？」

「老師，有什麼事嗎？您是到我家來的吧？」

哪有不打招呼就悄悄跟蹤來到學生家裏的道理呢。

「是啊，太好啦。這樣的房子免於戰火洗劫，真是奇蹟啊。」銀平佯裝感嘆的樣子，望了望門扉裏面。

「我家全燒掉了。這裏是戰後才買的。」

「這裏是戰後……玉木，令尊是做什麼的呢？」

「老師，您有什麼事嗎？」久子越過鐵門上方的蔓藤花飾，用憤怒的目光瞪了銀平一眼。

「嗯，對了。腳氣……噢，令尊知道專治腳氣的特效藥吧？」銀平邊說邊哭喪著臉，心想：在這座豪華的大門前談腳氣這等事，成何體統。但是，久子卻認真地反問道：

「是腳氣嗎？」

「唔，是腳氣藥。玉木，喏，妳在學校不是對同學說過治療腳氣的特效藥嗎？」

久子睜大眼睛，要把事情追憶起來似的。

「老師已經快要沒辦法走路了。可以幫忙問一下令尊腳氣病的藥名嗎？老師就在這裏等。」

銀平一直目送著久子，直到她的身影消失在洋房門口，他才離開逃跑了。銀平那雙醜陋的腳，彷彿在追逐著銀平自己。

銀平曾推理：久子大概不至於把自己被跟蹤的事告訴家裏或學校吧。那天晚上，他苦於頭痛的折磨，眼簾忒忒地痙攣，不能成眠。就是睡著，也不時驚醒，睡不長久。每次醒來，他都用手指去額上滲出的冷冰冰急汗，凝聚在後腦門的毒素衝上頭頂，然後繞到額頭，便覺頭痛了。

銀平第一次鬧頭痛，是從久子家的門前逃出來，在附近的繁華街上流連徘徊的時候。在人聲雜遝的行人道正中，銀平站立不住，按著額頭蹲了下來。頭痛，同時還感到一陣眼花。像是街上響起叮叮噹噹的中大彩的鈴聲。又像是消防車疾馳過來的鈴響。

「您怎麼啦！」一個女子的膝蓋輕輕碰了一下銀平的肩膀。銀平回頭抬眼望了望，她似乎是戰後常出現在繁華街上的野雞。

於是，銀平不覺間將身子依靠在花鋪的櫥窗上，免得妨礙過往行人。他將額頭幾乎貼在櫥窗的玻璃上。

「妳一直在跟蹤我吧。」銀平對女子說。

「還算不上是跟蹤。」

「不是我跟蹤妳吧？」

「敢情。」

女子回答曖昧，不知是肯定還是否定。要是肯定，女子下面應該接著談些什麼呢？女子卻停頓了一會兒，銀平等得有點焦急。

「既然不是我跟蹤妳，就是妳跟蹤我嘍。」

「怎麼說都行⋯⋯」

女子的姿態映在櫥窗的玻璃上。也像是映在櫥窗玻璃對面的花叢之中。

「您在做什麼呢？快點站起來吧。過路人都在看吶。哪兒不舒服呢？」

「哦，腳氣。」

銀平張口就是腳氣，連他自己也感到吃驚。

「腳氣痛得走不了路。」

「真沒轍。附近有個好人家，歇息去吧。把鞋子襪子都脫掉就好嘍。」

「我不願意讓人家瞧見。」

「誰也不看您的腳丫嘛⋯⋯」

「當心傳染。」

「不會傳染的。」女子說著，一隻手插進了銀平的胳肢窩裏。

「喂，咱們走吧！」她說著倚靠在銀平身上。

銀平用左手揪住額頭，凝望著映在花叢中女子的臉。這時，對面花叢中出現了另一張女子的臉。可能是花鋪的女主人吧。銀平好像要抓住窗對面的一簇潔白的西番蓮，用右手撐頂著櫥窗的大玻璃，站了起來，花鋪老闆娘皺起她那雙細眉，盯著銀平。銀平擔心自己的胳膊頂破大窗玻璃、流出血來，便把身體的重心傾到女子這邊來。女子叉開雙腳站得穩穩當當。

「要逃跑可不行呀！」話音剛落，她冷不防地掐了一下銀平的胸口。

「唉呀，好痛。」

銀平挺痛快的。他不太知道自己從久子的家門前逃走以後，為什麼要輾轉來到這條繁華街。可那女子掐他的瞬間，他腦門變得輕鬆多了。恍如站在湖邊承受山上迎面拂來的習習涼風，頓時神清氣爽。這應是新綠季節的涼風。銀平感到，彷彿自己用胳膊肘捅穿了花鋪那面湖水般的大窗玻璃，一灣結了冰的湖，湧上了他的心頭。那是母親老家的湖。那湖邊雖有城鎮，母親的故鄉卻是農村。

湖上霧氣瀰漫，岸邊結冰，前頭鎖在雲霧之中，無邊無垠。銀平邀請母親家血統的表妹彌生到結了冰的湖面上散步。不，與其說邀請，不如說是引誘出來的。少年銀平曾經詛咒、怨恨過彌生。還曾起這樣的邪念：但願腳下的冰層裂開，讓彌生陷進冰層下的湖水中。彌生比銀平大兩歲，銀平的鬼點子比彌生多。銀平虛歲十一歲時，銀平的父親莫名其妙地死去了。母親惴惴不安，要回娘家去。比起在優裕的環境下成長的彌生，銀平確實更需要有些鬼點子。銀平初戀所以是他的表妹，原因之一也許是有一個祕密願望，那就是不希望失去母親。銀平幼年的幸福，是與彌生漫步在湖邊小路上，雙雙倒影在湖面。銀平一邊凝望著湖一邊行走，思慕著湖面兩人的倒影將永不分離，直到天涯海角。然而幸福是短暫的。比他大兩歲的少女，約十四、五歲，作為異性，似乎要遺棄銀平。

再說，銀平的父親亡故，母親故鄉的鄉親們都很忌諱銀平家。彌生也疏遠了銀平，公開瞧不起他。那時候銀平雖起過這樣的念頭：但願湖面的冰層裂開，彌生沉在湖底裏就好了。不久，彌生便與一個海軍軍官結了婚，現在可能成了寡婦。

如今銀平從花鋪的窗玻璃，又聯想到湖面的冰層。

「你擰得人家好痛啊。」銀平一邊摩挲胸口一邊對野雞說：

「擰出青瘢來啦。」

「回家讓太太看看吧。」

「我沒太太。」

「你說什麼呀。」

「真的，我是獨身教員。」銀平不在乎地說。

「我也是個獨身女學生吶。」女子回答。

銀平心想，這女子肯定是信口開河。他也不再看她一眼，可一聽到是女學生，又頭痛起來。

「是腳氣痛嗎？所以我說不要走那麼多路嘛……」女子說著看了看銀平的腳板。

銀平思忖：自己跟蹤到家門前的玉子久子，這回反過來是玉木久子跟蹤自己來了。讓她看見同這樣的女子散步，她會怎麼想呢？銀平抽冷子回頭望著熙來攘往的人群。銀平雖不知道進了門的久子是否還到大門口，不過他確信：此刻久子的心肯定會追趕自己而來。

第二天，久子那班有銀平上的國語課。久子在教室門外佇立。

「老師，藥。」她說著敏捷地將一包東西塞進銀平的衣兜裏。

銀平昨晚頭痛，沒有備課，再加上睡眠不足，疲勞不堪，這堂課就說學生作文。題目自由選擇。一個男學生舉手問道：

「老師，也可以寫生病的事嗎？」

「噢，寫什麼都可以。」

「比如說，雖說粗魯些，寫腳氣可以嗎……」

他的話，引起了哄堂大笑。但是，學生們都望著這男生，沒有人將奇異的視線投向銀平。他們似乎並不是嘲笑銀平，而是在嬉笑那個男生。

「寫腳氣也可以吧。老師沒有這方面的經驗可供參考。」銀平說著望了望久子的座位。學生們還在嬉笑。不過這笑聲似乎是袒護銀平無罪。久子只顧埋頭寫著什麼，沒有抬起臉來。連耳朵也飛紅了。

久子把作文交到教師的桌面上。這時，銀平看清楚她的作文題目是《老師給我的印象》。銀平心想：是寫自己無疑了。

「玉木，請課後留一下。」銀平對久子說。久子不願讓人發覺似的微微點了點頭，向上翻了翻眼珠，瞟了一下銀平。銀平感到彷彿挨她瞪了一眼。

久子一度離開窗際凝望著庭院，待到全體同學把作文都交齊以後，她才轉過身來，走近了教壇。銀平慢悠悠地把作文紮好，站起身來。一直走到廊道上，他什麼也沒有言語。久子跟在後頭同銀平相距一米遠。

「謝謝妳給我帶來的藥。」銀平回過頭來。

「腳氣病的事，妳是不是對誰說了？」

「沒有啊。」

「對誰都沒說嗎？」

「嗯。對恩田說過。因為恩田是我的好友……」

「對恩田說了？……」

「只對恩田一人說了。」

「對一人說，就等於對大夥說嘛。」

「不可能吧。我是私下跟恩田說的。我和恩田之間彼此沒有什麼祕密可言。我們相約過，無論什麼事都要說實話。」

「是這種好友關係嗎？」

「是啊。就是家父腳氣的事吧，我正在跟恩田談著，被老師聽見了。」

「是這樣嗎。但是，妳對恩田不保守任何祕密嗎？這是假話吧。妳好好想想看。妳說對恩田是沒有什麼祕密可保，那麼妳能一天二十四小時都和恩田在一起、把心裏的事一樁樁地連續談上二十四小時嗎？那也是談不完的呀。比如，睡著做的夢，早晨醒來又忘了，妳又怎樣對恩田說呢。也許那是與恩田關係破裂、企圖殺死恩田的夢呢。」

「我不做這樣的夢。」

「總之，所謂好友彼此沒有什麼祕密可保，這是一種病態的空想，是一具女孩子弱點的假面具。所謂沒有祕密，只是天堂或地獄的故事，人世間是絕沒有這等的事。妳說對恩田沒有祕密，妳就不是作為一個人存在，也不是個活人了。妳捫心自問吧。」

久子一下子不理解銀平說的這番道理，也無法領會銀平為什麼要說這些。她好不容易才反駁了一句：

「難道友情就不可信嗎？」

「沒什麼祕密的地方是不會有什麼友情的啊。豈止沒有友情，連一切人的感情也不會產生。」

「啊？」少女還是不能理解似的。

「凡是重要的事，我和恩田都會告訴對方。」

「那，誰知道呢……最重要的事，以及好像海濱最末端的細沙般無關緊要的事，妳不一定都對恩田說嘛，不是嗎？……令尊的事和我的腳氣究竟有多重要呢。對妳來說，恐怕是無足輕重的吧。」

聽了銀平這番故意刁難的話，久子彷彿被人把腳拖在空中兜圈，突然又掉落下來似的。她臉色刷白，哭喪著臉。銀平用和藹的口吻繼續撫慰說：

「妳家裏的事，難道什麼都告訴恩田嗎？未必吧。令尊工作上的祕密，妳沒說吧。瞧，今天的作文，妳好像是寫我的事。就以它來說，妳寫的事，有些也沒有告訴恩田吧。」

久子用噙滿淚水的眼睛尖利地瞪了一眼銀平，沉默不響了。

「玉木，令尊戰後事業成功，真了不起啊。我雖不是恩田，可我也想聽妳詳談一次啊。」

銀平裝作若無其事的樣子，卻顯然帶著強迫的口氣。那樣一座宅邸，如果是戰後買的話，就難免會讓人懷疑多半是靠所謂黑市買賣的不正當手段或犯罪行為弄來的錢。銀平向久子叮了一句，企圖堵住她的嘴，使他自己跟蹤久子的行為正當化。

不過，銀平想到發生昨天的事情以後，久子今天仍來上自己的課，想到她把腳氣藥帶來，又寫了題為《老師給我的印象》的作文……那就不必擔憂了。銀平再次確認了自己昨夜的推理。另外，銀平之所以像神志不清的酩酊醉漢或夢遊般地跟蹤久子，是因為被久子的魅力所牽縈。久子已經將自己的魅力傾注在銀平的身上。久子昨天被跟蹤，說不定她已意識到自己的魅力了吧。毋寧說，她暗地沾沾自喜呢。銀平被這不可思議的少女弄得神魂顛倒了。

銀平覺得，給久子施加壓力應到此適可而止，他便抬起頭來，只見恩田信子站在走廊的盡頭，盯視著自己。

「妳的好友擔心，等著妳吶。那麼……」銀平放開了久子。久子打銀平面前走過，向恩田那邊跑去，那副樣子不像是個少女。她遠離銀平，垂頭喪氣，彷彿愈走愈慢了。

三、四天後，銀平向久子致謝說：

「那藥真靈。多虧妳的藥，全好了。」

「是嗎。」久子十分快活，臉頰染上了紅潮，浮現出可愛的酒窩。

事情不止於久子可愛，她和銀平之間的關係被恩田信子揭發，學校甚至把銀平革職了。

此後，又過了幾個春秋，銀平如今在輕井澤的土耳其澡堂裏，一邊讓澡堂女按摩腹部，一邊浮想久子的父親在那宏偉壯觀的洋房裏，坐在豪華的安樂椅上，用手揪腳皮的姿態。

「唔，有腳氣的人，大概不能洗上土耳其浴吧。被蒸汽一熏，癢得可受不了。」銀平說著輕蔑地一笑。

「有腳氣的人會來這兒洗澡嗎？」

「難說。」

澡堂女不打算正面回答。

「我們也不知道什麼是腳氣。那是過著奢侈生活，腳柔嫩的人才長的呢。高貴的腳，卻生長著卑賤的病菌。人生就是這麼回事。像我們這雙猿猴般的腳，腳皮又硬又厚，即使培植，也是生長不出來的。」銀平嘴上說著，心裏想，澡堂女白皙的手正在按摩自己那雙醜陋的腳心，潮乎乎地黏在上面離不開似的。

「這是連腳氣都討厭的一雙腳吶。」

銀平皺了皺眉頭。此刻格外舒適，為什麼要對這漂亮的澡堂女談及腳氣的事呢？難道非說不可嗎？那時候，肯定是對久子撒了謊。

在久子家門前，銀平說出了自己為長腳氣所懊惱，打聽了治腳氣的藥名，這是急中生智，信口撒了個謊。三、四天後，他向她致謝說：「腳氣全好了，」也是在繼續撒謊。銀平並沒長什麼腳氣。上作文課時他說了「沒有經驗」，這倒是真的。久子給他的藥，他全給扔掉了。他對野雞說自己鬧腳氣弄得筋疲力盡，這依然是心血來潮，接著上次的謊言撒的謊。撒過一次謊，開口就是謊言。如果同銀平跟蹤女子一樣，謊言也總跟在銀平的後頭，罪惡恐怕也是這樣的吧。犯過一次罪，罪惡總跟在後頭，讓你重犯。惡習也是如此。尾隨一次女子，這毛病又讓銀平再次跟蹤女子。就好像腳氣病那樣頑固。不斷傳染，決不要絕。今年夏天的腳氣，暫時治好了，明年夏天還會長出來。

「我沒長腳氣吧。我不知道什麼是腳氣。」銀平脫口而出，彷彿是在申訴自己。哪有人會用骯髒的腳氣，去比喻跟蹤女人的高尚的戰慄和恍惚呢。莫非是撒過一次謊，謊言又讓銀平這樣聯想嗎？

但是，在久子家門前，急中生智，信口撒謊生了腳氣，這是不是因為自己的腳長得醜陋，有點自卑感呢。眼下銀平的頭腦裏忽地掠過了這一念頭。這麼說來，跟蹤女子，也是這雙腳幹出來的，難道還是跟醜陋有關嗎？想起來了，銀平驚愕不已。莫非是肉體部分的醜陋因憧憬美而哀泣？醜陋的腳追逐美女，難道是天國的神意嗎？

澡堂女從銀平的膝頭一直摩挲到小腿。她背向著銀平。也就是說，銀平的腳當然是完全置於澡堂女的眼皮底下。

「好，行了。」銀平有點著慌。他將長長的腳趾關節往裏彎曲，收縮起來。

澡堂女用美妙的聲音說：

「給您修剪腳趾甲好嗎？」

「腳趾甲……啊，腳的趾甲……給我修剪腳趾甲嗎？」銀平想要掩飾自己的狼狽樣子。

「長得很吧。」

澡堂女用手掌貼在銀平的腳心上，以她柔軟的手把猿猴般弄彎了的腳趾舒直，一邊說：

「是長點兒……」

澡堂女修剪趾甲又輕巧又細心。

「妳長待在這兒就好嘍。」銀平說。他想通了，聽任澡堂女擺布他的腳趾。

「想看妳的時候，到這兒來就可以了。想讓妳按摩，只要指定號碼就行了吧。」

「嗯。」

「我不是陌生的過路人。也不是來歷不明的人。更不是過路時不跟蹤就會失去第二次見面機會的人。我說得似乎太玄妙了……」

銀平想通了，任憑擺布，毋寧說這是腳的醜陋在催人落下幸福的熱淚。讓澡堂女用一隻手支撐著修剪腳趾甲，把自己那雙醜陋的腳暴露出來，這在銀平是從來沒有過的。

「我的話雖然有點玄妙，卻是真的啊。妳有過這種經驗嗎？把陌生人當作過路人分手後，又感到可惜……這種心情，我是常有的。那是多好的人啊，多美的女子啊。在這個世界上，再沒有第二個人能使我這樣傾心。同這樣的人萍水相逢，許是在馬路上擦肩而過、許是在劇場裏比鄰而坐，或許從音樂會場前並肩走下臺階，就這樣分手，一生中再不會見到第二次。儘管如此，又不能把不相識的人叫住、跟她搭話。人生就是這樣的嗎？這種時候，我簡直悲痛欲絕，有時則迷迷糊糊、神志不清。我想一直跟蹤到這個世界的盡頭，可是辦不到啊。因為跟蹤到這個世界的盡頭，那就只有把她殺掉了。」

銀平最後說得過分了，猛然倒抽口氣。他掩飾過去似的說：

「剛才所說的，有點言過其實。要是想聽聽妳的聲音，就給妳掛個電話，這多好；妳不同於客人，是被動的。妳喜歡的客人，即使衷心希望他再來，但是來不來就主聽客便，也許不會再來第二次了。妳不覺得人生無常嗎？所謂人生，就是這麼回事。」

銀平盯視著澡堂女的脊背，只見她的肩頭隨著修剪趾甲動作而微微起伏。修剪完畢，她依然背向銀平，躊躇了一會兒。

「您的手呢？……」她回頭衝著銀平問。銀平躺著把手舉到胸前瞧了瞧。

「手指甲不像腳趾甲長得長哩。也沒有腳丫髒。」

他不回絕，澡堂女也給他修起手指甲來。

銀平明白，澡堂女對銀平益發厭煩了。剛才出言不遜，也給自己留下令人作嘔的感覺。跟蹤至極，真的就是殺人嗎？和水木宮子的關係僅僅是撿起她的手提包，也不知道還能不能第二次見面。就如同過路分手一樣。和玉木久子完全被隔離了，分別後就難以再見。追到絕境，卻沒殺人。也許久子和宮子都在他手搆不著的世界裏消失了吧。

久子和彌生的臉，鮮明地浮現在銀平的眼前，簡直令人吃驚，銀平把她們的臉同澡堂女的臉相比較。

「妳這樣周到，客人不再來才怪啦。」

「喲，我們是做生意的嘛。」

「喲，我們是做生意的嘛！聲音這麼悅耳動聽。」

澡堂女把臉扭向一旁。銀平害羞似的閉上眼簾。從合上的眼縫裏，朦朧地看到白色的胸罩。

「拿掉它吧。」銀平說著揪住久子的胸罩一端。久子搖了搖頭。銀平用力一拽。手中的鬆緊帶一伸縮，久子立刻滿臉飛紅。銀平直勾勾地望著手中的胸罩。

銀平睜開眼睛，看了看自己的右手，澡堂女在為自己修剪指甲呢。久子比澡堂女小幾歲？可能小兩、三歲吧？如今久子的肌膚大概也像這澡堂女那樣變得白皙了吧。銀平身上飄溢出久留米產的藏青棉布服的香味。是銀平少年時代的穿著。這是由女學生久子身穿的青嗶嘰裙子的顏色引起的聯想。久子把腳伸進那青嗶嘰色的裙子裏。她落淚了。銀平的眼眶裏也鑲著淚珠。

銀平的右手手指毫無力氣了。澡堂女用左手托住銀平的手，右手拿著剪子，利索地修剪著。銀平覺得這是在母親老家的湖邊，和彌生手牽手地漫步冰湖上；銀平的右手癱軟無力。

「你怎麼啦？」彌生說著折回岸上。銀平心想：那時如果緊握她的手，恐怕自己早把她沉到湖的冰層之下了吧。

彌生和久子並非過路人，銀平知道她們在什麼地方，並且有聯繫，隨時都可以見到。儘管如此，銀平還是跟蹤她們。儘管如此，銀平還是被迫離開她們了。

「您的耳朵……弄弄吧。」澡堂女說。

「耳朵？耳朵怎麼弄。」

「給您弄弄，請坐起來……」

銀平支起身子，坐在躺椅上。澡堂女輕柔地揉著銀平的耳垂，將手指伸進他的耳朵裏，他就覺得手指在裏面微妙地轉動似的。掏出了耳朵裏的渾濁物，耳朵變得舒服了，還有多少蘊蓄著些香味。聽見微妙的細碎聲音，隨著聲響又傳來微妙的震動。彷彿澡堂女用另一隻手輕輕地繼續敲打著伸進銀平耳孔的那根手指。銀平頓覺奇異，恍恍惚惚了。

「怎麼啦？好像是個夢啊。」他說著掉過頭去，卻看不見自己的耳朵。澡堂女將胳膊稍許偏向銀平的臉，重新將手指伸入銀平的耳朵裏，這回是慢旋轉了。

「這是天使的愛的喃喃細語啊。我要把迄今凝結在耳朵裏的人間聲音全拂除，只想聽妳那悅耳的妙音。好像人間的謊言也從耳朵裏消失了。」

澡堂女將赤裸的身軀靠到赤裸的銀平身上，對銀平演奏出天上的音樂。

「手藝太粗糙了。」

按摩結束了。澡堂女給依然坐在那裏的銀平穿上襪子，扣上襯衣的鈕釦，穿上鞋繫好了鞋帶。銀平自己做的，只剩下繫好褲腰帶和打上領帶了。銀平出了浴室，在喝冰橘子汁的時候，澡堂女站立在他身旁。

接著澡堂女一直相送到大門口，一走出夜幕籠罩下的庭院，銀平看見了一個巨大的蜘蛛網的幻影。有兩、三隻繡眼鳥連同各式各樣的蟲子一起掛在蜘蛛網上。青色的羽毛和可愛的白色眼圈，鮮豔奪目，繡眼鳥只要撲打翅膀，蜘蛛網絲也就會弄斷的吧。可是牠緊緊地合起翅膀，掛在網上。看樣子蜘蛛若一靠近，牠就會啄破蜘蛛的肚皮。蜘蛛在網中央將尾部向著繡眼鳥。

銀平把眼抬得更高，仰望著黑黝黝的森林。母親老家的湖岸，夜間失火了，那裏正映視著這般情景。銀平彷彿被映現在水面上的夜火所吸引。

水木宮子被人搶走了裝有二十萬圓的手提包，卻沒有去警察局報案。對宮子來說，二十萬圓是一筆大數目，與命運相關，她卻有口難言。也許可以這樣說，銀平大可不必為這件事下行逃到信州，如果說有什麼東西在跟蹤銀平，可能就是銀平手中的錢吧。看來不是銀平偷了錢這件事，而像是錢本身追逐著銀平不放。

銀平無疑是偷了錢。他差點要對宮子說：手提包掉了。可見這不能構成搶劫的罪名吧。宮子並不認為是被銀平搶走。也沒有明確下結論是銀平偷的。宮子在馬路當中扔掉手提包回來的時候，在場的只有銀平一人，首先懷疑銀平這是理所當然的。但是宮子並沒有親眼目睹；也許銀平沒有撿到，而是其他行人撿去的呢？

「幸子，幸子！」那時宮子一跨進大門，就呼喚女傭。

「我把手提包弄丟了，妳給我去找找好嗎？就在那家藥鋪前。趕緊跑去吧。」

「是。」

「慢吞吞的，就被別人撿走啦。」

宮子喘著粗氣，登上了二樓。女傭阿辰緊跟著宮子上樓去。

「小姐，聽說您丟了手提包……」

阿辰是幸子的母親。阿辰先到這家，然後再把女兒叫來。宮子過著獨身生活，這個小小的家庭本來不必雇用兩個女傭，可是阿辰抓住這家的弱點為所欲為，她的存在超過了女傭的身分。阿辰有時把宮子稱作「太太」，有時又叫「小姐」，有田老人到這家來的時候，她一定把宮子稱作「太太」。

有一回，宮子受她誘導，無意中向她說：

「京都的旅館裏，侍候我的女傭，在我獨身一人的時候，就叫我『小姐』呢。有田在場的時候，儘管我們的年齡相差很大，她還是喚我『太太』……『小姐』的稱呼也許是把人看作小傻瓜吧。不過，聽著倒有幾分令人可憐。我很是悲傷啊。」阿辰回答說：「那麼以後我也這樣稱呼您吧。」從此以後，她就這樣沿襲下來了。

「但是，小姐，走路丟掉手提包，不是有點蹊蹺嗎？手上又沒有其他東西，只拎著一個手提包嘛。」

阿辰瞪圓了小小的眼睛，直勾勾地仰視著宮子。

阿辰的眼睛不睜大也是滾圓的。活像鑲嵌著一對小銅鈴。和阿辰長得一模一樣的幸子，她的小眼睛一睜圓，著實可愛。阿辰也許是眼尾短細的關係，看上去眼睛過分突出，顯得很不自然，令人望而生畏，不免要提高幾分警惕。事實上，同阿辰的眼睛碰在一起，從她的眼神來看，她的眼睛深處不知隱藏著什麼。那雙淡茶色的明眸，反而給人一種冰冷的感覺。

她那張白皙的臉也是又圓又小。脖頸粗大、胸部豐腴，愈往下愈肥胖。雙腳卻很細小。女兒幸子的小腳之可愛，簡直令人瞠目。但是，母親的腳脖子很細，小腳也顯得有點醜陋。母親和女兒都是小個子。

阿辰的脖頸肉乎乎的。雖然是仰視宮子，腦袋並沒有抬起多少，只是向上翻了翻眼珠子。宮子站立在那兒，阿辰彷彿看透了宮子的心。

「掉了就掉了嘛。」宮子用責備女僕的口吻說：

「證據就是手提包沒有了嘛，不是嗎？」

「小姐，您不是說就掉在那家藥鋪前嗎？可是哪有這種道理呢，那樣一個手提包，連丟掉的地點，甚至是在附近弄掉您都知道，竟也能丟掉了……」

「掉了就是掉了嘛。」

「往往有這種情況，如同容易把傘忘了一樣。可是明明手裏拿著的東西怎麼會掉呢，這比猿猴從樹上掉下來還不可思議哩。」阿辰又端出了奇妙的比喻來。

「一發覺掉了，您拾起來不就好了嗎？」

「那還用說。妳這是什麼意思？要是掉了當場就發覺，還能丟得了嗎！」

這時宮子才發覺自己依然穿著外出的西服裙，她上了二樓，直挺挺地立著，一動不動。不過，宮子的西服衣櫥、和服衣櫃都在二樓四鋪席半的房間裏。有田老人來時，是用貼鄰的八鋪席的雙人房間，更衣倒是很方便。這也說明：阿辰的勢力已從樓下擴張起來了。

「請你到樓下擰條手巾來，要用涼水。我出了點汗啦。」

「是。」

宮子以為自己這麼一說，阿辰就會下樓；再加上自己光身擦汗，阿辰不會再待在二樓的了。

「好，我把冰箱裏的冰塊加在洗臉盆的水裏，讓您擦吧。」阿辰回答。

「妳就不用管了。」宮子皺了皺眉頭。

阿辰下樓梯，與正門的門扉開啟是同一時刻。

「媽媽，我從藥鋪前一直找到電車道，都沒找到太太的手提包。」門口傳來了幸子的話聲。

「我也估計到了……妳上二樓告訴太太吧。那妳是不是去派出所報案了？」

「哦？還要去派出所報案嗎？」

「真粗心，沒法子，去報案吧。」

「幸子，幸子。」宮子從二樓呼喚：

「不用去報案了，裏面又沒放什麼貴重的東西……」

幸子沒有回答。阿辰將洗臉盆放在木盤上，端到二樓來。宮子連西服裙也脫掉，只剩下一件襯衣裙了。

「給您擦擦背好嗎？」阿辰使用了非常恭敬的話。

「不用了。」宮子接過阿辰給她擰好的手巾，伸出雙腿，從腿腳擦起，連腳趾縫都擦到了。阿辰將宮子揉成一團的襪子展平疊好。

「行了，那是要洗的。」宮子將手巾扔到阿辰的手邊。

幸子一上二樓，在貼鄰的四鋪席半房間的門檻處，雙手著地施禮說：

「我已經去過了。並沒有掉在那裏。」她的舉止帶幾分滑稽，可愛極了。

阿辰對宮子有時分外殷勤，有時粗心大意，有時又黏黏糊糊、親親暱暱，一時一變，反覆無常。但她對女兒卻嚴格進行這種禮法的教育。有田老人回去時，她指導幸子給老人繫鞋帶。有一回，患神經痛的有田老人將手搭在蹲在他跟前的幸子肩膀上要站起來。宮子早就看透阿辰是有意讓幸子從宮子手裏將老人奪過來。但是，宮子不知道阿辰是不是已經把她的企圖詳細地告訴了十七歲的幸子。阿辰還讓幸子抹上了香水。宮子提及這件事時，阿辰便回答說：

「因為這孩子體臭太厲害了。」

「讓幸子去警察局報案怎麼樣？」阿辰追逼似地說。

「妳真囉唆。」

「多可惜呀。裏面有多少錢呢？」

「沒裝錢。」宮子說著閉上眼睛，把冰涼的毛巾敷在上面，一動不動地待了一會兒。心跳又加快了。

宮子有兩個銀行存摺。一個是用阿辰的名義，存摺也放在阿辰手裏。這筆錢沒讓有田老人知道，是阿辰給出的主意。

二十萬圓，是從宮子名下的存摺裏提取的。不過，取錢這件事，即使對阿辰也保密不說。她擔心，一旦有田老人發覺，會問起二十萬圓的用途，她也就不能粗心大意，得去警察局報案了。

在某種意義上，對宮子來說，二十萬圓是出賣青春的代價，是宮子的血汗錢。宮子為了它，只得將自己年輕的身軀任憑半死的白髮老人擺布，浪費了自己短暫的黃金年華。這筆錢掉落的一瞬間就被人撿去，沒給宮子留下什麼。這令人無法置信。再說，如果說把這筆錢花了，花完之後，也還可以回憶起來。如果說把這筆錢積蓄起來，又白白地丟失了，那麼回想起來就令人心痛了。

丟失二十萬圓的時候，宮子並不是沒有一瞬間的戰慄。那是快樂的戰慄。宮子覺得與其說她懼怕跟蹤自己的男子而逃跑，不如說她對突然湧現的快樂感到震驚才轉過身去。

當然，宮子不認為是自己把手提包丟了。正如銀平不確定她是用手提包打自己，還是將手提包扔給自己一樣，宮子也不知道自己是打他還是扔給他。但是，手有強烈的感覺。手心熱乎乎，有點麻木，傳到胳膊、胸部，全身劇痛，恍恍惚惚，麻木不仁。在男子跟蹤期間，她渾身熱血沸騰，蘊蓄在體內的東西瞬間彷彿全部燃燒起來。埋藏在有田老人背後的青春，一時復活了，像是一種復仇了的戰慄。如此看來，對宮子來說，花了漫長歲月積蓄二十萬圓的自卑感，這一瞬間像是得到了全部補償。因此，錢不是白白失去，而是付出多大代價就獲得多大補償。

事實上卻又好像與二十萬圓毫無關係。在用手提包打男子還是將手提包扔給男子的同時，宮子簡直把錢的事忘得一乾二淨。連手提包從自己手中脫落也沒有發覺。不，在她轉過身來就逃跑的時候，她也沒有想起來。從這個意義上說，宮子弄丟手提包是正確的。另外朝男子扔去之前，宮子實際上已忘卻手提包，也忘卻手提包裏還有二十萬圓現金。那時宮子心裏只湧起被男子跟蹤的波瀾思緒。當這波瀾猛然撞擊的一剎那，手提包丟失了。

宮子跨入了自家的大門，那種快樂的麻木依然殘留著。她為了掩飾過去，就直接登上了二樓。

「我想脫光，請妳到樓下去吧。」

宮子從頸項揩到胳膊，對阿辰說了這麼一句。

「到洗澡間去洗洗怎麼樣？」阿辰用懷疑的目光望了望宮子。

「我不想動了。」

「是嗎。但是，在藥鋪前——從電車道來到這裏才丟的，這是確實的吧。我還是到派出所去問問……」

「我不知道是在哪兒丟的。」

「為什麼呢。」

「因為我被人跟蹤……」

宮子只想早點獨自拭去戰慄的痕跡，不留神便說溜了嘴，阿辰閃動著滾圓的眼睛。

「又給跟蹤了？」

「是啊。」宮子突然變得嚴肅起來。然而，話既說出，快樂的依戀也就煙消雲散，留下的只是寒顫，渾身汗毛都直豎了。

「今天是直接回家的嗎？又領著男子到處走，才把手提包弄掉的吧。」

阿辰回頭看了看坐在那裏的幸子，說：

「幸子，發什麼愣呀。」

幸子眨了眨眼睛，剛站立起來，突然打了個趔趄，滿臉緋紅了。

宮子經常被男人跟蹤的事，幸子知道，有田老人也知道。有一回，在銀座的馬路當中，宮子悄悄地對老人說：

「有人跟蹤我吶。」

「什麼？」老人剛要掉過頭去，宮子制止說：

「不能看！」

「不能嗎？妳怎麼知道有人跟蹤呢？」

「當然知道嘍。剛才從前邊來的那個大高個嘛，他頭戴綠色帽子呢。」

「我沒注意，剛才錯身的時候，是不是給了暗號呢？」

「真糊塗，難道您要我問他，你是過路人還是闖入我生活中的人？」

「妳高興了嗎？」

「那麼我去試試……唔，打賭吧。看他跟到哪兒……我真想打個賭吶。跟一個拄著手杖的老人一起走是行不通的，您就進去那家店瞧著好囉。我走到那頭再折回來。若這段路有人跟蹤，您就得輸給我一套夏天的白色洋裝。不是麻布料的呦。」

「如果宮子妳輸了呢？……」

「什麼？那您就通宵枕在我的胳膊上好嘍。」

「可不許耍賴，回頭或者跟他搭話呀。」

「當然嘍。」

有田老人預料這次賭定會輸的。老人心想即使輸了，宮子還是讓自己通宵枕著她的胳膊。可是，自己入夢了，誰知道還是不是枕在她的胳膊上呢。老人苦笑著走進了賣男服布料的布店裏。目送著宮子和跟蹤她的男人，老人心中不可思議地激蕩著青春的活力。這不是嫉妒。嫉妒是不容許的。

老人家裏有個美人，那是以女管家的名目雇來的。她比宮子大上十幾歲，是個三十開外的女人。一個年近七旬的老人，分別枕著這兩個年輕人的胳膊。對老人來說，唯有母親才能使他忘卻這個世界的恐怖。老人告訴女管家和宮子她們彼此的存在。老人嚇唬宮子：假使她們兩個相互嫉妒，老人在恐怖之餘，也許會變得狂暴，從而加害她們，或是引起心臟麻痹，猝然暴死。這麼說是信口開河，老人還是有一種妄想被害的恐怖症，至於心臟衰弱的事，宮子早已知道，在老人必要時，用柔軟的掌心安詳地給他摩挲胸口，或把美麗的臉頰悄悄地貼在他的胸間。這個叫梅子的女管家不見得不嫉妒。宮子憑經驗不由地覺察到有田老人剛進宮子的家、討好宮子的日子，就是被梅子嫉妒之時了。年輕的梅子對這樣的老人還會有嫉妒心嗎？宮子覺得無聊，產生了一種厭世的情緒。

有田老人常在宮子面前誇獎梅子是「家庭式」的，所以宮子有時也感到老人是想從自己身上尋求一種娼婦式的東西。不過，對宮子也好、對梅子也罷，很明顯老人渴望的是母性的溫存。有田兩歲時，生母和父親離婚了，接著來了繼母。這個情況，老人對宮子反覆說了好幾遍。

「就說繼母吧，如果也能像宮子或梅子那樣，到我們家來，我該有多幸福啊。」老人對宮子嬌聲嬌氣地說。

「這誰知道呢。我嘛，您要是繼子我就虐待您。您一定是個可恨的孩子吧。」

「是個可愛的孩子吶。」

「為了彌補繼子受虐待，您這把歲數，還招來兩位好母親，您不是很幸福嗎？」宮子帶著幾分譏諷的口吻說。

老人卻答道：「的確是啊。我很感謝哩。」

有什麼可感謝的！宮子似乎動怒了。但對於這年近七旬的勞動者這般情形，她不禁又覺得可以從中悟到一點人生的哲理。

有田老人是個勞動者，他對宮子慵懶的生活萬分焦灼。宮子一個人待著無所事事，每天過得似等非等老人的生活，青春的活力也逐漸消失了。女僕阿辰幹麼這般精神百倍呢？宮子有點不可思議。老人出外旅行，總是由宮子陪伴。阿辰給她出主意，讓她虛報房費。就是說，在賬單上多開賬目，將多收部分退回宮子。即使有旅館給辦這種事，宮子也覺得自己委實太淒慘了。

「要不就抽點茶錢和小費，請太太到隔壁房間去算賬吧。老爺是講究體面的，讓他多給點茶和小費，他一定會給。去隔壁房間之前，從中抽頭，比如給三千圓就抽一千，藏在腰帶裏或者罩衫胸間，人家是不會知道的。」

「唉呀，真叫人吃驚，這太小氣，太瑣碎了……」

然而，算算阿辰的工資，恐怕就不是瑣碎了。

「可不是瑣碎呀。要攢錢嘛，得積少成多。像我們這種女人……要積蓄點錢，就得日積月累啊。」阿辰極力地說。

「我是同情太太的，怎能忍心眼看老頭子白白地吸吮太太的青春血液呢。」

有田老人一來，阿辰連聲調都變了，簡直好像煙花女似的。對宮子來說，剛才阿辰那番話實在有點令人毛骨悚然。宮子不禁寒心。但是，比起阿辰的聲調或話語更使宮子寒心的是：有如日積月累的貯錢或與其相反，時光的迅速流逝，宮子的青春年華也就消逝了。

宮子和阿辰所受的教養不同。戰敗以前，宮子是在所謂蝶花叢中撫養成長的孩子，她的確沒想到連付旅館費都要從中撈取油水。她覺得似乎可以證實出謀劃策的阿辰，在廚房裏零零星星的小偷小摸過了。就拿一劑感冒藥來說，阿辰去買同差使幸子去買。價錢就相差五圓、十圓的。阿辰就是這樣積少成多。她究竟積攢了多少錢呢？宮子出於好奇，也曾起過一個念頭：從阿辰的女兒幸子那兒探聽探聽吧。看樣子阿辰沒有給她女兒零花錢，大概連存摺也沒給她女兒看過。反正數目有限，不屑一顧。然而對阿辰積少成多，猶如螞蟻般的秉性又不能等閒視之。總之，阿辰的生活是健康的一種，而宮子則無疑是病態的一種。宮子年輕貌美，似乎是一種消耗品；相形之下，阿辰活著卻不需消耗自己的什麼。宮子聽說阿辰曾被陣亡的丈夫弄得吃盡了苦頭，油然生起一種輕鬆的感覺。

「逼得妳哭了？」

「當然是哭了……幾乎沒有一天不把眼睛哭得紅腫的。他甩過來的火筷子，砸在幸子的脖頸上，如今還留著一塊小傷疤呢。在脖頸後頭呢。您瞧瞧就明白。那傷疤是再好不過的證據啦。」

「什麼證據……」

「還問什麼呢，小姐。不明白的，要說也說不出來啊。」

「可是，像妳阿辰也會受人欺侮，可見男人還是了不起的啊。」宮子佯裝不知道的樣子。

「是啊。不過，唉，要瞧妳怎樣看嘍。那時候，我迷上了我的丈夫，簡直就像被狐狸迷住了，對他是真心實意的啊……如今狐狸精已不附身，太好啦。」

聽阿辰這麼說，宮子不禁又回憶起自己的少女形象來，那時由於戰爭，自己失去了初戀的情人。

宮子是在富裕家境中成長的緣故吧，在某些地方，她對金錢是恬淡無欲的。二十萬圓，對如今的宮子來說，雖是一筆鉅款，但已經失去的東西，與最近失去的二十萬圓是不能同日而語的。當然，宮子賺不到二十萬圓。由於需要才從銀行提取這筆錢，因此宮子對此一時大惑不解。二十萬圓鉅款，如果撿錢人把錢送回來，也許就會見報。銀行存摺也放在裏面，失主的姓名和住址都寫得清清楚楚。是會由撿錢人直接送到失主家裏，或是由警察前來通知？宮子三、四天來都很留意看報紙。她覺得跟蹤她的男人也會知道她的姓名和住址。還是那男人偷走的吧。要不然那男子撿到了手提包，或者即使沒有撿到，他不是應該緊緊跟蹤上來才是嗎？還是挨了人家用手提包打，嚇得逃跑了呢？

宮子弄丟了手提包，是在銀座讓有田老人買夏天白色衣料以後剛過一星期的事。在這一周內，老人沒有到過宮子家中。老人是在發生手提包事件之後的翌日晚上才露面的。

「唉呀，您回家啦。」阿辰興沖沖地相迎，把被打濕了的傘接過來，又說：

「您是走路來的嗎？」

「啊，真是倒楣的天氣。可能是梅雨天哩。」

「您感覺痛嗎？幸子、幸子……」阿辰呼喊幸子。

「對，對，我讓幸子洗澡去了。」阿辰說著便赤著腳邁下去給老人脫鞋。

「如果已經燒好洗澡水，我想洗個澡暖和暖和。陰森森的，像今天這樣氣候驟冷，就……」

「有點不舒服了吧。」阿辰說著皺了皺那雙小眼睛的短眉毛。

「哎呀，我幹了件不合適的事了。不知道您回來，我讓幸子先洗澡去了，可怎麼辦呢？」

「不要緊的。」

「幸子，幸子，趕緊出來吧。妳把澡盆表面那層輕輕舀出來，弄乾淨點……那邊也好好沖沖……」阿辰急匆匆地走了，她把水壺放在煤氣爐上，點燃了澡盆的煤氣，又折回來。

有田老人依然穿著雨衣，他伸出雙腿自己摩挲。

「您洗澡時讓幸子給您按摩一下吧？……」

「宮子呢？」

「噢，太太說她去看新聞片就來……她是到新聞影院去，很快就會回來了。」

「請妳給我叫個按摩師來。」

「嗯。是往常那個……」阿辰說著站起身把老人的衣服拿過來。「洗澡之後更衣吧。幸子！」阿辰又喚了一聲幸子。

「我去把她叫來。」

「她已經洗好了嗎？」

「嗯。已經……幸子！」

約莫一小時後，宮子回來時，有田老人已經躺在二樓的床鋪上，讓女按摩師給按摩了。

「很痛啊。」他小聲地說。

「陰沉的雨天你還出門吶。再洗一個澡，可能會清爽些。」

「是啊。」

宮子不由地依靠著西服櫃櫥坐了下來。宮子大概有一周沒看見有田老人了。只見他臉色發白，心力交瘁，臉上和手上的淡茶色老人斑更加顯眼了。

「我去看新聞片來著。看了新聞片，就覺得生氣勃勃。本是想去洗洗頭，不是要去看新聞片的，可是美容院已停止營業，所以……」宮子說罷，看了看剛剛洗過的老人的頭。

「潤髮劑真香啊。」

「幸子拚命灑香水，香噴噴的。」

「據說她體臭得厲害。」

「嗯。」

宮子進入洗澡間。洗了頭。把幸子喚來，讓幸子給她用毛巾擦乾頭髮。

「幸子，妳的腳多可愛呀。」宮子原先將兩隻胳膊肘支在膝上，這會兒伸出一隻手去觸摸眼皮底下的幸子的腳背。幸子忒忒顫抖，直傳到宮子袒露的肩膀上。幸子也許是繼承了阿辰的秉性吧，手腳似乎也有些不乾淨。她只拿了宮子諸如扔在紙簍裏的用舊了的口紅、斷了齒的梳子、掉落的髮夾一類的小玩意兒。宮子也知道幸子憧憬、羨慕自己的美貌。

浴後，宮子在白地薊草花紋的單衣上披了一件短外褂，然後給老人按摩腿腳。她思忖著：倘若自己住在老人家裏，恐怕就得每天給老人按摩腿腳了吧。

「那個按摩師，手法很高明吧。」

「拙劣得很。還是來我家那個高明哩。她一來嫻熟幹練，二來按得認真。」

「也是個女子嗎？」

「對。」

宮子想起老人家裏那個所謂的女管家梅子，也是每天都給老人按摩，就不由得厭煩起來，手勁也沒有了。有田老人攥住宮子的手指，讓她按摩坐骨神經末梢的穴位。宮子的手指緊貼了上去。

「像我這樣細長的指頭恐怕不帶勁吧。」

「是啊……未必吧。年輕女子的手指充滿了愛情的力量，好極了。」

一股涼意爬上了宮子的背脊。她的手指一離開穴位，又被老人攥住了。

「像幸子那樣，手指短短的不是很好嗎。您讓幸子學習按摩怎麼樣？」

老人沉默不語。宮子倏然想起雷蒙・拉迪蓋[1]的《肉體的惡魔》裏的一句話來。雖是看過電影才讀原作，瑪爾特說：「我不希望你的一生遭到不幸。我哭了。可不是嗎，對你來說，我實在是老了。」「這個愛的語言，就像孩子般地使人珍惜。從今以後，即使我感到怎樣的熱情，一個十九歲的姑娘也決不會說老了而哭泣，再沒有比這種純潔的愛情更能扣動人們的心弦。」瑪爾特的情人是十六歲。十九歲的瑪爾特比二十五歲的宮子年輕多了。委身老人、虛度年華的宮子，讀到這裏受到異常的刺激。

有田老人總是說宮子長得比實際年齡還年輕。這不僅是老人的偏袒，無論誰也都是覺得宮子年輕。宮子自己也感到有田老人之所以說自己年輕，是因為老人喜歡並思慕自己風華正茂。老人害怕並傷心的是：宮子的容顏失去姑娘的本色，或者身體肌肉變得鬆弛。一加思索：年近七旬的老人，對一個二十五歲的情

1 雷蒙．拉迪蓋（一九〇三—一九二三），法國作家，詩人。

婦，尚且盼望她年輕，不免令人感到奇怪的骯髒。但是，宮子終於忘卻責備老人，毋寧說有時被老人牽誘，似乎也盼望自己年輕。年近七旬的老人一方面切望宮子年輕，另一方面又對二十五歲的宮子渴望著一種母性的愛。宮子並不打算滿足老人的這種欲望，但有時候她也產生一種錯覺，彷彿自己就像母親一般。

宮子一邊用拇指按住趴著的老人的腰部，一邊用胳膊支住，要騎上去似的。

「妳就騎在腰上吧。」老人說：

「輕輕地踩在上面吧。」

「我不願意……讓幸子來弄好嗎？幸子個子小，腳丫也小，更合適吧。」

「那傢伙是個孩子，還害羞吶。」

「我也覺得害臊嘛。」宮子邊說邊想：幸子比瑪爾特小兩歲，比瑪爾特的情人大一歲。這又意味著什麼呢？

「您打賭輸了，就不來了嗎？」

「那次打賭嗎？」老人好像甲魚轉動著脖子。

「不是的，是神經痛吶。」

「是因為去您家的按摩師手法高明嗎？……」

「嗯，噢，也可能是吧。再說我打賭輸了，又不能枕妳的胳膊……」

「好吧，就給您弄。」

宮子很瞭解，有田老人已經讓她按摩了腰腿，剩下的就是把臉埋在宮子的懷裏，享受符合年齡的快樂。繁忙的老人，把自己在宮子家裏過的時間，稱作「奴隸解放」的時間。這句話讓宮子想起：這才是自己的奴隸時間呢。

「澡後穿單衣要著涼的，行了。」老人說著翻過身來。一如所料，這回老人想享受胳膊。宮子對按摩也膩煩了。

「可是，妳被那個戴綠帽子的男人跟蹤，是什麼滋味呢？」

「心情痛快唄。跟帽子的顏色沒關係嘛。」宮子故意繪聲繪色地說。

「如果只是跟蹤，戴什麼顏色的帽子倒無所謂，不過……」

「前天，有個奇怪的男子一直跟蹤我到那家藥鋪，我丟了個手提包。太可怕了。」

「什麼？一周之內竟有兩個男子跟蹤妳？」

宮子讓有田老人枕著胳膊，一邊點點頭。老人與阿辰不一樣，他覺得走路丟了手提包，也沒什麼可奇怪的。也許他對宮子被男子跟蹤一事驚愕不已，無暇顧及懷疑其他。對老人的震驚，宮子多少感到愉快，為此也就放鬆了身體。老人把臉埋在她的懷裏，並從溫乎乎的胸懷裏掏出雙手按在太陽穴上。

「我的東西。」

「是啊。」

宮子像孩子般地回答過後就一聲不響了。眼淚簌簌地掉落在白髮蒼蒼的老人頭上。燈熄滅了。也許那男子已經撿到手提包了吧。那男子下定決心跟蹤宮子的瞬間，欲哭未哭的神情，浮現在昏暗之中。

像是男子「啊！」的一聲呼喚，事實上聽不見，宮子卻聽見了。

男子擦肩而過，駐步回首的當兒，宮子頭髮的光澤、耳朵和脖頸的膚色，頓時滲出一股刺骨的悲傷來。

他「啊！」的喊了一聲，頭暈目眩，眼看就要倒下去。這般情形，事實上看不見，可宮子卻看見了。這聲呼喚，事實上聽不見，宮子卻聽見了。宮子回首瞥見男子欲哭未哭這一瞬間，那男子便決定跟蹤她了。這男子似乎意識到悲傷，但他已經失去了自主。宮子當然不會失去自主，卻感到從男子軀殼脫出來的影子，彷彿悄悄地鑽進了自己的心窩。

宮子起初只回頭一瞥，後來再沒有掉頭看後面。她對男子的相貌已了無印象。如今只是那張朦朧欲哭的歪扭面孔，在黑暗中浮現在她的腦際。

「真有魅力啊。」過了一陣子，有田老人才喃喃自語了一句。宮子忍不住眼淚直流，沒有作答。

「妳是個有魅力的女人啊。有這麼多各式各樣的男子跟蹤，妳自己不害怕嗎？給肉眼看不見的惡魔魘住啦。」

「好痛啊！」宮子縮瑟一團。

宮子想起含苞待放的妙齡來。當時自己那潔淨的裸肩形象又如在眼前。如今雖說顯得比年齡年輕，可已經完全是個婦女體型了。

「淨說些用心不良的話，難怪神經痛了。」對他荒唐的說法，宮子隨便回敬了一句。隨著體型的變化，宮子心想：一個純樸的姑娘如今也變成了用心不良的女人了。

「有什麼用心不良？」有田老人認真地說：

「讓男子跟蹤，有意思嗎？」

「沒有意思。」

「妳不是說心情痛快嗎。陪著我這樣的老頭子，妳大概有積鬱要報復吧。」

「報復什麼呢。」

「這個嘛，也許是對妳的人生，也許是對不幸吧。」

「說心情痛快也好，說沒有意思也罷，事情都不是那麼簡單啊。」

「是不簡單啊。所謂對人生報復，不是簡單的事。」

「那麼說，您陪著我這樣年輕的女人，是要對人生報復嘍？」

「啊？」老人支吾了一聲，卻又說：

「不是什麼報復。要說報復，我是屬於遭報復的一方，也許是正遭報復的一方吶。」

宮子沒有留心聽他的話。她心裏在想：自己既然已說出手提包丟了，是否坦白裏頭裝有一筆鉅款、讓有田老人補償呢？儘管如此，二十萬圓這數字太大了，金額該說多少呢？雖說是向老頭子要的錢，卻是自己的存款，隨便自己支配；假使說，這是供弟弟上大學用的錢，向老頭子請求時會容易些的。

小時候，有人說如果宮子跟弟弟啟助調換，是男性就好了。然而自從被有田老人蓄為小妾之後，她可能是喪失了希望的緣故，養成了慷慨的毛病，性情變得懦弱了。「妾者愛計較容貌，正室者則不講究，這是理所當然的。」宮子在一本什麼書上讀過古人這樣一段話，她感到眼前是一片漆黑，很是悲傷。連引以自豪的美貌也失去了。她被男子跟蹤的時候，這種自豪感也許又湧了上來。宮子本人也明白，男子跟蹤自己，不只是因為自己貌美。也許正如有田老人所說的，自己洋溢著一股魔力吧。

「不過，這很令人擔心啊，」老人說：

「有種捉迷藏遊戲吧；常被男子跟蹤，不就是像捉惡魔的遊戲嗎？」

「也許是那樣吧。」宮子奇妙地回答：

「人當中有一種迥異的魔族存在，也許真有另一種魔界的東西呢。」

「妳感覺到它了嗎？妳這個人真可怕啊。小心犯過錯喲，不會有好下場的。」

「我的兄弟姊妹中，可能有這種情況，就以我那個像女孩子般的弟弟來說吧，他也寫了遺書呢。」

「為什麼……」

「很無聊的。弟弟本想同他要好的朋友一起升大學，可是自己又去不了，如此而已……這是今年春上的事了。這位朋友姓水野，他家境好，人也聰明。他對我弟弟說：『入學考試時，如果可能，我教你，就是寫兩份答案也可以。』弟弟的成績也不壞，可是他膽小，臨場怯陣，擔心在考場上犯腦貧血，結果真的犯了。即使考試通過，也沒指望能入學，因此更膽怯了。」

「這個情況，妳以前沒說過嘛。」

「就是告訴您，又有什麼用呢。」

宮子頓了頓，接著又說：

「這個叫水野的孩子，成績很好，沒有問題。母親為了讓弟弟入學，花了好多錢呢。為了祝賀弟弟入學，我也在上野請過他們吃晚飯，然後到動物園去觀賞夜櫻。有弟弟、水野、水野的情人……」

「哦？」

「雖說是情人，只有十五歲吶，是滿足歲……就在動物園觀賞夜櫻的時候，我被一個男人跟上了。他帶著太太和孩子，卻竟把她們扔在一邊，跟蹤起我來了。」

有田老人顯得十分驚訝。

「妳為什麼要這樣做呢？」

「我要這樣做……我羨慕水野和他的情人，只感到哀傷。絕不是因為我的關係呀。」

「不，還是因為妳的關係。妳不是挺愉快的嗎？」

「你真殘酷！我哪兒愉快過啦？就說丟手提包的時候，我非常害怕，就用手提包打了他。也許是扔給了他。當時不顧一切，現在什麼也記不清了。手提包還裝了我的一大筆款子呢。母親要向父親的朋友借一筆錢款供給弟弟上大學，正在傷腦筋的時候，我想給母親點錢，就從銀行把錢支出來；回家路上……」

「裏面裝了多少錢？」

「十萬元。」宮子不由自主地說了半數。老人倒抽了口氣。

「嗯，確是一筆鉅款啊。就是被那男子搶走了？……」

宮子在幽暗中點了點頭。宮子的肩膀突突地顫抖，心也撲通撲通地跳動。老人也感覺到了。宮子對把金額說了半數，更加感到屈辱了。那是摻雜著某種恐怖的屈辱。老人用手慈祥地愛撫了宮子。她想那半數大概會得到補償吧，眼淚又奪眶而出了。

「不要哭了。這種事如果重複多遍，將來就要犯大過錯呀。被男子跟蹤的事，妳所說的，前後矛盾百出嘛，不是嗎！」有田老人平靜地責備了一句。

老人枕著宮子的胳膊入睡了。但是宮子卻未能成眠。梅雨連綿不斷，只聽呼呼的鼾聲，彷彿不知道有田老人的年齡了。宮子將胳膊抽了出來。這時她用另一隻手將老人的頭悄悄地抬了抬，卻沒把老人弄醒。這老人討厭女人，可竟在女人身旁，毋寧說是依靠女人安穩地睡著。這事如同剛才老人所說，宮子也感到是一件矛盾百出的事，而且矛盾愈多就愈覺得自己可憎了。有田老人之所以討厭女人，默默中宮子也完全明白：老人還三十來歲，妻子出於嫉妒，自殺身亡了。也許是女人可怕的嫉妒心滲進他的骨髓，他一看見女人有點嫉妒的神態，就馬上拒之千里。宮子出於自尊自重，也出於自暴自棄，她本來不嫉妒有田老人什麼，不過她畢竟是個女人，一時失言，終於脫口說出了帶有嫉妒性的話。老人露出厭惡的神色，使宮子的嫉妒完全凍結了。她不覺落寞惆悵。然而，老人討厭女人，好像不僅是因為女人的嫉妒。也不是由於自己年邁。對於生來討厭女人的人，宮子嘲笑他們說：女人有什麼可嫉妒的。可是一想到有田老人和自己的年齡問題，又覺得說什麼老人討厭女人或喜歡女人之類的話，未免太可笑了。

宮子憶起自己曾羡慕過弟弟的朋友及其情人。宮子也是從啟助那裏聽說，水野有個叫做町枝的情人。宮子在祝賀弟弟他們入學那天，第一次見到了町枝。

「簡直沒有看見過那樣純潔的少女啊。」啟助以前曾經這樣講過町枝。

「十五歲就有情人，不是早熟嗎。不過，是啊，雖說是十五歲，虛歲就十七啦。現在的孩子，十五歲有情人，還是有好處的呀。」宮子又改口說：

「不過，阿啟，女人真正的純潔你懂嗎？光憑萍水相逢，恐怕很難瞭解吧。」

「當然瞭解。」

「你說，什麼是女人的純潔性呢？」

「這個問題哪能談得清楚喲。」

「阿啟你那樣看，可能也是那樣的吧。」

「就說姊姊吧，一看見那個人就能瞭解嘛。」

「女人的用心不簡單喲，並不像阿啟你那樣天真……」也許啟助還記得宮子的那番話，宮子在母親家中每一次與町枝見面時，啟助比水野更漲紅著臉，有點慌了神。宮子不好讓弟弟的朋友上自己家裏來，便決定在母親家中聚會。

「阿啟，姊姊也賞識那個孩子。」宮子在裏間一邊給啟助穿上新的大學制服，一邊說。

「是嗎。唉喲，竟反穿襪子了。」啟助說罷，落坐下來。宮子掀了掀藍色百褶裙，也在他前面坐下。

「姊姊也為水野祝福吧。所以我才叫町枝一起來的。」

「是啊，我祝福他。」

莫非啟助也喜歡町枝？宮子很同情意志薄弱的弟弟。

啟助神采飛揚地說：「據說水野是極力反對，於是就給町枝家寫了信……信中措詞很不禮貌，氣得町枝家也火冒三丈。就說今天吧，町枝是偷偷來的。」

町枝一身女學生的水兵式服裝。她帶來了一小束蝴蝶花，說是祝賀啟助入學。她把花插到放在啟助書桌上的玻璃花瓶裏。

宮子準備去觀賞上野公園的夜櫻，邀他們到了上野的中國飯館。公園人山人海，簡直無立錐之地。櫻樹凋殘，花枝也不展翠。可是借助燈光，花色仍濃，呈粉紅的顏色。不知町枝是少言寡語，還是顧忌宮子，不怎麼說話，卻談起了自家的庭院裏，櫻花花瓣落滿了剛修剪過的枝頭；清晨起來，映入眼簾，實在太美了。她還說，來啟助家的路上，看到像半生不熟的蛋黃似的夕陽，輝映在護城河畔的街樹櫻花叢中。

這清水堂旁邊過往的行人稀稀疏疏。走下昏暗的石階時，宮子對町枝說：

「記得我三、四歲的時候……曾摺了紙鶴，跟母親一起到清水堂，把它吊起來，祈願父親的病早日康復。」

町枝沒有言語，她和宮子一起在石階途中，駐步不前，回首望了望清水堂。那條正面直通博物館的路，人潮洶湧，擠得水洩不通。我們拐往動物園的方向。東照宮的甬道兩旁，點燃著篝火。我們登上了石板道，排列在甬道上的石燈籠，在篝火的相映下形成了一個個黑影，它的上面漫掩著簇簇櫻花。賞花客東一團西一簇地圍坐在石燈籠後面的空地上，中央分別點著蠟燭，在設筵擺宴。

醉漢搖搖晃晃地走過來時，水野充當了盾牌，在後面護著町枝。啟助距他們兩人稍遠，站定在醉漢和他們兩人之間，彷彿在保護著他們倆。宮子抓住啟助的肩膀，閃躲著醉漢，心想：啟助這麼有勇氣啊！

町枝的臉承受篝火的亮光，顯得更加豔美了。她那面頰的顏色，宛似一本正經地緊閉著嘴的聖女。

「姊姊。」町枝說罷，冷不防地躲到宮子背後，幾乎貼了上去。

「妳怎麼啦！」

「學校的同學……和家父一起吶。是我家的近鄰。」

「町枝也要躲藏嗎？」宮子邊說邊和町枝一起回過頭去，無意中抓住了町枝的手不放，就這麼繼續往前行走。接觸町枝的手的瞬間，宮子幾乎喊出聲來。雖同是女性，卻帶來了無盡的涼爽與快意。不僅是她柔滑膩潤的手，還有她那少女的美，滲進了宮子的心。

「町枝，妳很幸福啊。」宮子只說這樣一句。

町枝搖了搖頭。

「町枝，為什麼呢？」宮子吃驚地盯視著町枝的臉。町枝的眼睛在篝火的映照下熠熠生輝。

「妳也有不幸的事嗎？」

町枝沉默不語，把手鬆開。宮子已經好幾年沒有跟女朋友牽著手走路了。

宮子和水野經常見面。這天晚上她的視線幾乎被町枝吸引過去。她一見町枝，就勾起綿長的憂愁，彷彿想要獨自走向遙遠的地方。即使在馬路上和町枝擦肩而過，恐怕也會回頭久久地凝望著她的背影吧。男人跟蹤宮子也是出於這種奔放的感情嗎？

廚房裏傳來了掉落或倒下陶瓷器的聲音，宮子才甦醒過來。今晚老鼠又出來了。是不是起來去廚房看看呢？宮子猶豫不定。好像不只一隻老鼠。也許有三隻。她覺得老鼠好像也被梅雨淋濕了，伸手去摸了摸自己洗後披散的頭髮，悄悄地抑制住那股冰涼的感觸。

有田老人心胸鬱悶，激烈地扭動著身子。宮子蹙起眉頭，心想：又發作了。遠遠地躲開了他的身子。老人經常被噩夢魘住。宮子已經習慣了。老人像行將被勒死的人，肩膀上下大起大伏，胳膊好像要拂掉什麼，重重地打了一下宮子的脖頸。呻吟聲一陣緊似一陣。把他搖醒就好了。可是宮子將身子繃緊，紋絲不動。她心頭湧上了一縷殘忍的思緒。

「啊！啊！」老人一邊喊叫一邊揮舞著手，他是在夢中尋覓宮子。有時候，只要他緊緊摟住宮子，無須睜眼，也會平靜下來。但是，今晚他自己的悲鳴，把自己驚醒了。

「啊！」老人搖了搖頭，少氣無力地貼近了宮子。宮子安詳地把身體放柔和了。每次都如此。

「您被噩夢魘住了。是做了可怕的噩夢了吧？」宮子連這樣的話也沒說。然而，老人不安似地說：

「有沒有說什麼夢話？」

「沒說什麼，只是被噩夢魘住了。」

「是嗎。妳一直沒睡著嗎？」

「睡不著。」

「是嗎。謝謝。」

老人把宮子的胳膊拉到了自己的頸項底下。

「梅雨天更不行啦。妳睡不著，大概是梅雨的關係哩。」老人羞慚地說：

「我還以為我的喊聲太大，把妳吵醒了呢。」

「就算睡著，還不是要經常起來嗎？」

有田老人的喊聲，把睡在樓下的幸子也吵醒了。

「媽媽、媽媽，我害怕。」幸子膽怯，緊緊摟住阿辰。阿辰抓住女兒的肩膀，一邊把她推開一邊說：

「怕什麼嗎，不是老爺嗎。老爺才害怕呢。老爺有那個毛病，一個人睡不好覺啊。就是旅行，也要帶太太去，非常寵愛太太呢。要是沒有那個毛病，按他的年齡是不需要女人的啦。他只不過是在做噩夢罷了。沒有什麼可怕的嘛。」

六、七個孩子在坡道上遊玩戲耍。中間也雜有女孩子。大概是學齡前兒童，從幼稚園回家的吧。他們中的兩、三個人，手持短木棒；沒拿短木棒的孩子也裝作拿了，大家弓著腰，佯裝拄手杖的樣子。

「爺爺，奶奶，直不起腰來……爺爺、奶奶，直不起腰來……」他們邊唱邊打拍子，跌跌撞撞地走著。歌詞就這麼幾句，翻來覆去地唱個不停，不知有什麼意思，與其說是在瘋吵戲謔，莫如說他們有一股認真的勁頭，潛心於自己的舉動。他們的姿勢愈來愈誇張，益發激烈起來。一個女孩子踉踉蹌蹌地倒了下去。

「喂，痛啊，痛啊。」女孩子模仿老太婆的動作按摩了腰部，又站起來，加入合唱。

「爺爺、奶奶，直不起腰來……」

坡道盡頭就是高高的土堤。土堤上綴滿新草，松樹不規則地散布各處。雖然松樹並不粗大，但它的丰姿呈現在春日黃昏的天空之下，宛如昔日畫在紙隔扇或屏風上的棵棵青松。

孩子們從坡道正中，蹣蹣跚跚地朝映著夕陽餘輝的方向爬上去。儘管他們東搖西晃，但這條坡道，威脅孩子們的汽車已經很少過往，人影也稀稀疏疏了。東京的屋敷町何嘗沒有這種地方。

這時候，一個少女牽著一隻日本小狗[2]，從坡道下面登了上來。不，還有一個人，是桃井銀平跟在這個少女的後面。但是，銀平已沉溺於少女而喪失了自己。他還能算是一個人嗎？這是個疑問。

少女在坡道一側的銀杏街樹枝蔭下悠遊漫步。只有一側林立街樹。只有街樹一側才有人行道。另一側緊挨著柏油馬路，徒然屹立著一道石牆。這是一家大宅邸的石牆，沿著坡道綿延而上。戰前街樹一側是貴族的宅邸，內宅深廣。人行道旁挖了一條深溝，壘著石崖。也許是有點模仿護城河的形式。溝對面是平緩的斜坡，種植著小松樹。松樹也殘留著前人精心修剪過的痕跡。松林上方可以看見一堵白色的圍牆。圍牆低矮，聳著瓦頂。銀杏樹高聳，芽葉稀疏，不足以把枝頭掩蓋，其高度和方向迥異，在斜陽的輝映下，濃淡有致，嬌嫩得有如少女的肌膚一般。

少女上身穿著白色毛線衣，下身是粗布褲子，捲起了灰色蹭舊了的褲邊，露出紅色的格子，鮮豔奪目。折短的褲子和帆布運動鞋之間，可以窺見少女白皙的腳。濃密波滑的黑髮披垂在雙肩上，從耳朵到脖頸白淨得出奇，實在美極了。她牽著狗鏈，肩膀稍微傾斜。這位少女奇蹟般的魅力牽掣著銀平。光是紅色格子的摺邊和白帆布運動鞋之間看到的少女的潔白肌膚，就足以使銀平的內心充滿了哀傷，以致想死，或想把少女殺死。

銀平回憶起從前故鄉的表姊彌生，回憶起他從前的學生玉木久子，如今他已經感受到這少女的腳跟也是不能靠近的。彌生肌膚白皙，卻暗淡無光；久子肌膚

2 原文作柴犬，短毛豎耳卷尾的小狗。

微黑，卻色澤凝滯。沒有這少女那種天仙般的風韻。再說，和彌生遊玩時的少年銀平，與接近久子時的主任教師銀平相比較，現在的銀平落魄潦倒，心力都已交瘁了。雖是在春日的黃昏，銀平彷彿置身在刺骨的寒風之中，衰萎的眼眶裏鑲滿了淚珠，只是爬上一小段上坡道，他便氣喘吁吁了。膝蓋以下麻木無力，已追不上少女。銀平還沒有看見少女的臉。他想，至少要與少女並肩走到斜坡上，哪怕是談談狗也好。這是個千載難逢的好機會，而且眼下就有此良機，簡直令人難以置信。

銀平張開右掌揮了揮手。這是他邊走邊激勵自己時的習慣。此刻喚起這樣的感觸：手提著還有體溫的死老鼠，睜大眼睛、嘴流鮮血的老鼠死屍。那是湖畔彌生家的那只日本狭[3]在廚房裏逮到的老鼠。彌生的母親對牠說了什麼，然後拍拍牠的頭，牠就乖乖地放開了。老鼠落在地板上，狗又要躍跳過去，彌生卻把狗抱了起來。

「好了，好了。你真棒，真棒呀。」彌生撫慰著狗說。然後她命令銀平：

「銀平，你把老鼠拿走吧。」

銀平連忙把老鼠撿起，老鼠嘴裏流出的血，滴了一滴在地板上。老鼠的身體還溫乎乎的，實在令人毛骨悚然。雖說瞪大眼睛，卻是老鼠的可愛的眼睛。

「快點扔掉吧。」

「扔到哪兒?……」

「扔到湖裏去好嘍。」

銀平在湖邊，手抓住老鼠的尾巴，使勁往遠處扔去。在黑漆漆的夜裏，只聽見「撲通」響起了孤寂的水聲。銀平一溜煙地逃回家去。彌生不就是大舅舅的女兒嗎?銀平悔恨不已。那是銀平十二、三歲的往事了。銀平做了一個被老鼠嚇呆

3 供玩賞和獵捕小動物用的一種小犬。

的夢。

小狗逮過一次老鼠，就老記住這件事，每天都盯著廚房。人對狗說些什麼，狗就如同聽到老鼠，飛跳到廚房去，一見牠的蹤影，牠肯定已經蹲在廚房角落裏。可是，牠又不能像貓那樣。牠抬頭望見老鼠從擱板順著柱子往上爬，就歇斯底里地吠叫起來，活像被老鼠附身，變得神經衰弱。他從彌生的針線盒裏偷了一根帶紅線的縫針，伺機扎穿狗的薄耳朵。離開這個家的時候，是最好的時機吧。事後大家吵吵嚷嚷，如果縫針帶著紅線穿過狗耳朵，人們就會懷疑是彌生幹的。銀平在狗耳朵上一落針，狗便發出悲鳴逃之夭夭，沒有扎成。銀平將縫針藏在口袋裏，折回自己的家中。他在紙上畫了彌生和狗的像，用那根紅線縫了好幾針，然後放進了書桌的抽屜裏。

銀平想對牽狗的少女哪怕談談狗也好，就不由聯想起那隻逮老鼠的狗。銀平討厭狗，談狗也不會有什麼好話。他覺得要是接近少女牽的那隻小狗，小狗定會咬他。但是，銀平沒有追上少女，當然不是狗的緣故。

少女邊走邊彎下腰，解開了小狗脖圈上的鏈條。小狗得到解放，跑在少女前面，又往少女後邊跑，越過少女，飛跑到銀平眼前。牠嗅了嗅銀平的鞋。

「哇。」銀平呼喊一聲，跳了起來。

「阿福，阿福。」少女呼喊著小狗。

「喂，請幫個忙。」

「阿福，阿福。」

銀平失去了血色。小狗回到少女身邊。

「啊，太可怕了。」銀平打了個趔趄，蹲了下來。這個動作有點誇張，雖是為著引起少女的注意，可銀平確實頭暈目眩，閉上了眼睛，心房激烈地跳動，稍稍想吐，又吐不出來。他按著額頭，半睜眼睛，只見少女又將鏈條掛在小狗脖子上，連頭也不回便爬上了斜坡。銀平義憤填膺，感到無比屈辱。銀平猜測那隻小狗嗅他的鞋，一定嗅出自己腳的醜陋吧。

「畜牲，我要縫縫那隻狗的耳朵。」銀平嘟囔了一句，跑步登上了坡道。在追上少女時，怒氣消失了。

「小姐。」銀平用嘶啞的聲音呼喊。

少女只扭過頭去，垂髮飄拂，那脖頸之美，使銀平蒼白的臉也燃燒了起來。

「小姐，這隻狗真可愛呀。是什麼種呢？」

「是日本種。」

「哪裡的呢？」

「甲州。」

「是小姐的狗嗎？每天都固定時間出來遛狗嗎？」

「嗯。」

「散步總走這條路嗎？」

少女沒有作答，但看樣子她也不覺得銀平特別可疑。銀平回頭望了望坡道下面。哪兒是少女的家呢？在新葉叢中像有一戶和平幸福的家庭。

「這隻狗會捉老鼠嗎？」

少女沒有一絲笑容。

「捉老鼠的是貓，狗不捉老鼠啊。不過，倒是有的狗捉老鼠，從前我家裏那隻狗可會抓老鼠哩。」

少女連看也不看銀平一眼。

「狗和貓不同，即使捉到老鼠也不吃。我孩提時，最討厭的就是去扔死老鼠了。」

銀平說了些連自己都覺得厭煩的話，那隻從嘴角流出鮮血的死老鼠又浮現在眼前。他窺見了老鼠咬緊的白牙齒。

「那是日本叫狉的一個種類吧。那傢伙顫動著彎曲的細腿奔跑，我很討厭。

狗和人，都是有各式各樣的啊。狗能這樣地跟小姐出來散步，真幸福啊。」銀平說。銀平大概忘卻了方才的恐懼吧，他彎下腰身想去撫摸狗的脊背。少女忽然將鏈條從右手倒換到左手，讓狗躲開了銀平的手。銀平的眼裏映現了狗在移動。他想去緊緊摟住少女的腳，好容易才按捺住湧上心頭的這種衝動。每天傍晚少女必定牽著狗、登上這條坡道，在銀杏樹蔭下散步。躲在土堤上偷看這位少女吧！銀平腦際倏地掠過這一雜念，很快也就打消了剛才那個壞念頭。銀平心懷釋然。他有一種驕傲的感覺，恍如赤裸著身子躺在嫩草上。少女將永遠地朝著土堤上的銀平所在的方向，登上這坡道上來。這是多麼幸福啊。

「對不起。這隻小狗很可愛，我也是喜歡狗的……只是，我討厭捉老鼠的狗。」

少女沒有任何反應。坡道盡頭就是土堤。少女和狗踏著土堤的嫩草走了過去。一個男學生在土堤對面站起身子，迎過來。少女先伸出手去握住學生的手，銀平一陣目眩，驚訝不已：原來少女是藉口遛狗到這兒來幽會的？

銀平發現少女那雙黑眼睛是在愛情滋潤下才閃閃發光的啊。這一突然的震驚使他頭腦有點發麻了，感到少女的眼睛，恍如一泓黑色的湖水。他多麼想在這清亮純淨的眼中游泳，在那泓黑色的湖水中赤身裸泳啊。銀平的心情交集著奇妙的憧憬和絕望。他無精打采地走著，很快便登上了土堤，仰身躺在嫩草上，凝望著蒼穹。

原來學生是宮子弟弟的同學水野，少女是町枝。宮子為了祝賀弟弟和水野入學，把町枝也叫來觀賞上野的夜櫻，這是約莫十天前的事了。

在水野看來，町枝那一雙幾乎占滿整個眼眶的黑眼珠水靈靈的，閃爍著亮光，美極了。水野被吸引過去，看她看得入迷了。

「早晨，我真想看看町枝醒來時那雙眨巴著的眼睛啊。」

「那時的眼睛該多好看啊。」

「一定是睡眼惺忪吧。」
「不會的。」水野不相信。
「我一睜眼就想見町枝吶。」
町枝點點頭。
「至今我是醒來兩個小時以內才能在學校見到町枝呀。」
「醒來兩個小時以內，你確實說過。打那以後，清晨一起來，我也就想到兩小時以內……」
「那麼怎麼會是睡眼惺忪呢？」
「怎麼會，誰知道呢。」
「有人有這樣一雙黑眼睛，日本是個好國家啊。」
這雙墨黑的眼睛把眉毛和嘴唇陪襯得更美了。黑髮和眼色相互輝映實在豔麗到了極點。

「妳是藉口遛狗從家裏出來的吧？」水野探問道。
「我沒說，可我牽著狗，一看我這副模樣就明白了嘛。」
「在妳家附近會面，很冒險呢。」
「我不忍心欺騙家裏人。如果沒有狗，我就出不來了。就是能出來，也是會掛著一副羞澀的臉回去，家裏人一看就會明白呀。水野，你們家比我們家更不同意我們的事吧！」
「不談這個啦。反正我們倆都是從家裏出來，又要回到家去的，如今想家中的事，太沒意思了。既然是出來遛狗，就不能待太長時間吧。」
町枝點點頭。兩人在嫩草地上坐下來。水野把町枝的狗抱起放在膝上。
「阿福也認得水野哩。」
「假使狗會說話，牠說出去，咱們從明天起就不能再會面了。」
「即使不能見面，我也要等著你，這行了吧。我無論如何也要去你那所大學。這樣一來，醒來之後又可以在兩小時以內？……」

「兩小時以內嗎？……」水野喃喃地說。

「非變成不等兩個小時也行。」

「我母親說太早了，她不信任我。但我覺得早了倒是幸福。我想更小更小的時候就能遇到水野你呢。無論年紀多小，初中時代也好、小學時代也好，只要見到你，我就一定會喜歡上你的。我還是個嬰兒時，就被人揹著走這條坡道，在這土堤上遊玩呢。水野，你小時候沒走過這坡道嗎？」

「好像沒走過。」

「是嗎？我經常想，我還是嬰兒時候，不是也在這坡道上見過水野嗎？所以，我才這樣喜歡你……」

「我小時候要是走過這斜坡就好了。」

「小時候，人家總說我可愛。在這坡道上，我經常被一些不相識的人抱起來吶。那時我的眼睛比現在更大更圓哩。」町枝把炯炯的目光投向水野，「前些時候，各家中學都在舉行畢業典禮。下了坡道，往右拐就是護城河，那裏有出租小船。牽著狗穿過去，就可能看見一些今年剛初中畢業的男孩子和女孩子，把畢業證書捲成圓筒，拿在手裏，乘著小船呢。我想他們大概是為了紀念別離才來划船吧，真令人羨慕。有的女孩子手拿畢業證書，依靠在橋欄上望著同學們划船。我中學畢業時，還沒認識水野呢。水野，你曾跟別的女孩子遊玩過吧？」

「我才不想跟女孩子們玩呢。」

「是嗎？……」町枝歪了歪腦袋。

「天氣轉暖，小船下水之前，護城河有的地方還結冰，那裏有很多野鴨吶。我記得，那時我還想：踏在冰上的鴨子和漂在水裏的鴨子哪個冷呢？據說因為有人打野鴨，牠們白天逃到這裏來，一到傍晚，要麼回到鄉村的山坳，要麼回到湖裏……」

「是嗎？」

「我還看見慶祝五一節、舉著紅旗的隊伍從對面的電車道通過吶。當時銀杏街樹剛剛吐出嫩葉，一面面紅旗通過其間，我只覺得美極了。」

他們兩人所在坡下的護城河被填平了，從傍晚到夜間變成高爾夫球的練習場；那對面的電車道上，屹立著銀杏街樹，黑色的樹幹在一簇簇嫩葉下面顯得特別醒目。黃昏的天空在樹梢頂端籠罩上桃紅色的霧靄。町枝用手撫摸著水野膝上的狗腦袋。水野雙手緊緊握住町枝的這隻手。

「我在這裏等妳的時候，彷彿聽到了低沉的手風琴聲。我閉上眼睛就躺下來了。」

「什麼曲子？……」

「是啊，好像是《君之代》……」

「《君之代》？」町枝嚇了一跳，她靠近了水野。

「什麼《君之代》，水野你不是沒當過兵嗎？」

「每天晚上很晚，也許是我收聽廣播《君之代》的緣故吧？」

「每天晚上我都靜靜地說聲：水野，晚安！」

町枝沒有把銀平的事告訴水野。町枝沒有感到自己曾被一個奇怪的男人纏住搭話，而且早就忘記了。銀平正躺在嫩草坪上，要看還是能夠看見。她豈止沒有看他，即使看見他，也沒有注意到他就是剛才那名男子吧。銀平則不能不注意他們倆。一陣泥土的涼氣爬上了銀平的脊背。可能這是處在穿冬大衣和暖的大衣之間的季節吧，銀平卻沒有穿大衣。銀平翻過身來，面向町枝他們。他不是羨慕兩人的幸福，而是詛咒他倆。他閉上眼睛不久，就浮現出一幕幻影：彷彿看到這兩人乘著熊熊的烈焰從水上漂蕩而來。他覺得，這般情景證明了他們是不會永遠幸福的。

「阿銀，姑媽真漂亮啊。」銀平彷彿聽見了彌生的聲音。銀平曾和彌生雙雙坐在湖邊盛開的山櫻樹下。櫻花倒映在水中。不時傳來小鳥的啁啾聲。

「姑媽說話時露出牙齒，這是我最喜歡的。」

說不定彌生會感到遺憾：那樣一個美人為什麼嫁給像銀平父親這樣的一個醜男子呢？

「父親和姑媽是唯一的親兄妹。我父親說，阿銀的父親既已過世，讓姑媽帶著阿銀回到我們家住好了。」

「我不幹！」銀平說罷，漲紅了臉。

他是因為要失去母親而覺得厭煩，還是能和彌生住在一起而感到靦腆呢？也許兩者兼而有之。

那時節，銀平家中除母親外，還有祖父母以及大姑媽。她是離婚回到娘家的。銀平虛歲十一那年父親死於湖裏。他頭部帶有傷痕。有人說，他是被人殺死扔在湖裏的。他喝了湖水，也像是溺死的。也有人懷疑，可能是在岸邊和什麼人爭吵被推下水中。可恨的是，彌生家裏有人指桑罵槐，說銀平的父親大可不必特地到妻子老家來自殺嘛。十一歲的銀平痛下決心：假使父親是被人下毒手，就非要找到這個仇人不可。銀平到了母親老家，就來到了浮上父親屍體的附近，躲在胡枝子的繁枝茂葉之中，觀察過往的行人。他想絕不讓殺死父親的人平安無事地通過這裏。有一回，一個牽著牛的男人走過來，牛發起脾氣。銀平嚇暈了。有時還綻開了白胡枝子花。銀平折了一朵花，帶回家裏，夾在書本裏做標本，發誓要報仇。

「就說我母親吧，她也不願意回家呀。」銀平對彌生憤憤地說。

「因為我父親在這村上被人殺了。」

彌生看見銀平刷白的臉，嚇了一大跳。

彌生還沒有告訴銀平，村裏人傳說銀平父親的幽魂會在湖邊出現吶。據說只要經過銀平父親死亡的那湖岸邊，就會聽見腳步聲尾隨而來。回首顧盼卻不見人影。若拔腿就逃跑，幽魂的腳步不能走動，人跑遠了幽魂的腳步聲也就聽不見了。

連小鳥的啁啾聲從山櫻梢頂轉到下面的枝頭，彌生也都聯想到幽魂的腳步聲。

「阿銀，回家吧。花倒映在湖面上，不知怎的，真叫人生怕哩。」

「不用怕。」

「阿銀，你沒有好好看呀。」

「不是很漂亮的嗎。」

銀平使勁拽住了站起來的彌生的手。彌生倒在銀平身上。

「阿銀。」彌生喊了一聲，弄亂了和服的下襬，逃走了。銀平追了上去。彌生喘不過氣，停下腳步，抽冷子摟住了銀平的肩膀。

「阿銀，和姑媽一道來我家吧。」

「不願意！」銀平邊說邊緊緊地擁抱她。眼淚旋即從銀平的眼眶裏流溢出來。彌生也用模糊了的眼睛，凝望著銀平，久久才開口說：

「姑媽曾對家父說：如果住在那種房子裏，我也會死去的。這話我聽見了。」

銀平擁抱彌生。僅此一回。

眾所周知，彌生的家、銀平母親的娘家，早年就是湖畔的名門世家。她為什麼要嫁到不是門當戶對的銀平家裏來呢？母親是不是有什麼緣由呢？銀平對此抱有懷疑，是在幾年以後的事了。那時候，母親已經同銀平分手、回到了娘家。銀平上東京攻讀後，母親患肺病在娘家與世長辭，原來從母親那裏得到的一丁點學費也斷絕了。銀平的家，祖父也已故去，現在剩下祖母和姑媽仍健在。聽說姑媽要了一個在婆家生下的女兒來撫養。銀平長年沒和家鄉通信，也不知道這個女孩子是否已經出嫁。

銀平感到，自己尾隨町枝來到嫩草坪上隨便躺下來，與從前自己在彌生村莊的湖邊上、躲在胡枝子花叢中相比，似乎沒有多大的改變。一樣的哀傷，掠過銀平的心間。為父親報仇的事，他已經不再那麼認真思考了。縱令殺父的仇人還在世上，現今也已老態龍鐘。如果有個老醜的老頭子來找銀平，懺悔殺人的罪過，銀平會不會像消除了纏身的魔鬼那樣痛快呢，會不會喚回當年兩人在那裏幽會的那種青春呢？往昔山櫻花倒映在彌生村子裏的湖面上的情景，如今還清晰地浮現在銀平的心上。那是一泓平靜得連一絲漣漪也沒有、大鏡一般的湖水。銀平閉上眼睛，想起了母親的容顏。

這時候，牽著小狗的少女從土堤走了下去，銀平睜開眼睛的時候，只見男學生站在土堤上目送著她。銀平也猛然站起來，目送走下坡道的少女。映在銀杏樹上的夕影濃重起來。已無過路行人，少女連頭也不回。走在前頭的小狗，拖著鏈條，急於回歸。少女邁著輕快的小步，太美了。銀平心想：明天黃昏，這少女一定還會登這坡道的。他想著想著吹起口哨來。他朝水野站立的方向走去。水野發現了銀平，望著他，他也沒有停止口哨。

「你真快活啊。」銀平對水野說。水野不予理睬。

「我跟你說話吶，你真快活啊。」

水野皺起眉頭，望了望銀平。

「唉呀，不要掛著一副討厭我的面孔嘛。在這兒坐下來聊聊吧。如果有人得到幸福，我就羨慕他的幸福。我就是這種人。」

水野背向他正要走開，銀平就說：

「喂，別逃跑呀。我不是說坐下來聊聊嗎？」水野轉過身來說：

「我才不逃跑呢。我跟你沒什麼話可聊。」

「你搞錯了，你以為我是想敲竹槓嗎？來，請坐下。」

水野仍站立不動。

「我覺得你的情人很漂亮，這不行嗎？真是美麗的姑娘啊。你太幸福了。」

「那又怎麼樣？」

「我想跟幸福的人聊聊。說實在的，那姑娘實在太漂亮，我尾隨她來了。她原來是跟你幽會，我大吃一驚。」

水野也驚愕地望了望銀平，剛想往對面走去，銀平從後面把手搭在他肩上，說：

「來，咱們聊聊嘛。」——水野猛推了一下銀平。

「混蛋！」

銀平從土堤上滾落下去，倒在下面的柏油馬路上。右肩膀異常地痛。在柏油馬路上盤腿坐了一會兒，用手按著肩膀，站起身來。他爬上土堤，對方已渺無蹤影。銀平胸部難受，喘著粗氣坐了下來，又突然趴下去。

少女回去之後，銀平為什麼要接近學生、跟學生搭話呢？他自己也覺得不可理解。他一邊吹口哨一邊走去，恐怕是沒有惡意的。看樣子他是真心實意地想聊聊那學生和少女的美。假如那學生採取誠摯的態度，他可能會把學生還沒發現的少女的美，告訴學生。可是他卻表現得令人有點討厭。

「你真快活啊。」銀平貿然冒出這句話，實在是太笨拙了。其實可以說點別的事。儘管如此，卻被學生推撞、滾落下去了。他感到自己已無力氣，身體著實衰弱。真想痛哭一場啊。他一隻手抓住嫩草，一隻手按摩疼痛的肩膀，桃紅色的晚霞朦朦朧朧地映入了瞇縫的眼睛。

從明天起，那少女不會再牽著狗出現在這坡道上了吧。不，說不定到明天學生還不能和少女聯絡上，她明天還是可能登上這林立銀杏街樹的坡道來。可是，學生已經認得自己，自己已不能在這坡道上或土堤上了。銀平掃視了土堤一圈，也沒有找著一處藏身之地。身穿白色襯衫、捲起褲邊露出紅色格子的少女姿影，從銀平的腦際迅速地消逝。桃紅色的天空，染紅了銀平的頭。

「久子，久子。」銀平用嗓眼裏發出的嘶啞聲音，呼喚著玉木久子的名字。

他乘上出租車去跟久子會面，不是在靄靄晚霞的時辰，而是在下午三點鐘左右。鎮上的天空燃燒著淡淡的霞紅。透過車窗玻璃，眼前的市鎮一片淺藍顏色。從落下的駕駛座前的遮陽玻璃看見的天空，是不同的顏色。銀平便向司機的肩膀探過身去問道：

「天空是不是呈現一片淡淡的霞紅色？」

「是啊。」

司機用無所謂的口吻答道。

「是染上了霞紅嗎？什麼原因呢？莫不是我眼睛的關係？」

「不是眼睛的關係。」

銀平仍然探著身子，聞到了司機舊制服的氣味。

打那以後，銀平每次乘出租汽車，都自然而然地感到眼前是一片淡淡的桃紅色世界和淡淡的藍色世界。透過車窗看到的是淺藍色。相形之下，從落下的駕駛座前遮陽玻璃看見的，卻成了桃紅色。他本以為僅此而已，不料實際上天空、市鎮房屋的牆壁、馬路，連街樹的樹幹也出乎意料地都抹上了桃紅色。銀平不能相信了。春秋兩季裏，一般行車多是關閉客席的車窗，而打開駕駛座的窗口。銀平的身分不是到哪兒都能乘小汽車的，不過每次乘車，這種感覺總重複出現。

於是，銀平形成一種習慣的想法：司機的世界是溫暖的桃紅色，客人的世界則是冰冷的淺藍色。客人就是銀平自己。當然，透過玻璃的顏色看到的世界，是清明澄澈的。東京的天空或是街道，都凝聚著灰塵。也許是淺桃紅色的吧。銀平常常從坐席上探出身子，將雙肘支在司機身後的靠背上，凝望著桃紅色的世界，混濁空氣的溫熱使他的心情煩躁起來。

「喂，老兄！」銀平真想把司機揪住。這可能是要對某種東西的反抗或挑戰的苗頭吧。假使把司機揪住，他也就快要成為狂人了。銀平逼近司機後面，即使露出咄咄逼人的神色，市鎮和天空似乎也都是桃紅色的，在光天化日下，不構成對司機的任何威脅。

另外，也沒有什麼可威脅的吧？銀平透過出租汽車的窗玻璃的光怪陸離，第一次分辨出淡桃紅色的世界和淺藍色的世界，那是在去會見久子的路上。而他向司機的肩膀探過身去，那是會見久子的姿勢。在這種出租汽車上，銀平總是想起久子。從司機的舊制服發出的氣味，不久便引來了久子藍嗶嘰服的香味，爾後從哪個司機身上都感受到久子的氣味。即使司機穿上新制服也一樣，沒有改變。

第一次把天空看成桃紅色的時候，銀平已被學校革職，久子也轉校了，兩人背人耳目悄悄地幽會。銀平擔心事情會演變成後來的這個樣子，曾悄悄對久子說：

「可不能跟恩田說啊。只有我們兩人知道的祕密……」久子好像是在祕密的場所裏，臉頰染紅了。

「能夠保密，就會感到甜蜜、愉快。一旦洩漏，就會變成可怕的復仇鬼鬧翻了天的。」

久子臉上露出了酒窩，向上翻了翻眼珠，凝視著銀平。這是在教室廊道的一頭。一個少女跳起來抓住靠窗的櫻枝，就像抓住單槓悠蕩著身體一樣，樹枝搖晃個不停，樹葉摩挲聲，透過走廊上的窗玻璃，也能夠聽得見。

「戀愛，除了兩個當事人以外，是絕不能有第三者的。聽明白了嗎？就說恩田吧，現在已是我們的敵人，成了社會上的耳目之一啦。」

「可是，說不定我會對恩田說呢。」

「那可不成。」銀平害怕地環視了四周。

「太痛苦了呀。假使恩田體貼地問我：阿久妳怎麼啦，我可能就瞞不了她吶。」

「幹麼要同學體貼呢？」銀平加強語氣說。

「我一見到恩田，一定會哭出來。昨天我回家，用水洗了洗哭腫的眼睛，可還是解決不了問題。夏天冰箱裏有冰塊可能好用些……」

「別那麼漫不經心。」

「我太難受了呀。」

「讓我看看妳的眼睛。」

久子乖乖地把眼睛移向銀平。從眼神來看，與其說她的這雙眼睛望著銀平，莫如說是讓銀平看著她這雙眼睛。銀平感受到久子肌膚的溫馨，他沉默不語了。

銀平和久子建立這種關係以前，曾想過向恩田信子探詢一下久子家庭的內情。據久子說，她對恩田無所不談。

然而，銀平覺得恩田這個學生有點難以接近，向她打聽久子的事吧，又怕她看透自己的內心。恩田的學業成績優秀，個性也很倔強。有一回，上課時間，銀平給她們讀福澤諭吉[4]的《男女交際論》：

「川柳[5]詩句寫道：走二三百米，夫婦始相伴。」下面又是：

「比如夫出外旅行，妻依依惜別；妻病魔纏身，夫親切看護，公公婆婆就看不慣，是違背公婆之意，此等奇談世上也並非沒有啊。」

女學生們聽了哄堂大笑，恩田卻一笑也不笑。

「恩田，妳沒笑？」銀平說。恩田不作聲。

「恩田，妳不覺得好笑嗎？」

「不好笑。」

「自己雖不覺得好笑，大夥都覺得好笑而笑了，妳笑笑不也很好嗎？」

「我不願意。和大家一起笑也未嘗不可。不過，大家笑後，我不跟著笑也可以嘛。」

「詭辯。」銀平一本正經的樣子。

「恩田說不好笑，大夥覺得好笑嗎？」

教室裏鴉雀無聲。

「不好笑嗎？這篇東西，福澤諭吉是在明治三十九年寫的，戰後的今天讀也

---

4 福澤諭吉（一八三四—一九〇一），日本思想家、教育家、評論家。

5 由十七個假名組成的詼諧、諷刺的短詩。

不覺得好笑，那就成問題啦。」銀平接著這麼說，話說到中途，突然不懷好意地問道：

「話又說回來，有人見過恩田笑嗎？」

「見過，我就見過。」

「見過。」

「她常笑的呀。」

學生們你一言我一語地邊笑邊回答。

銀平後來回想：這個恩田信子和玉木久子所以成為最好的朋友，也許是因為久子也把異常的性格隱蔽起來吧。久子身上似乎蕩漾著一股誘惑銀平跟蹤的魅力，久子深藏在內心的情感不是接受了銀平的跟蹤嗎。久子這個女性像霎時觸電而戰慄一樣，震驚不已。久子委身於銀平的時候，恐怕也和大多數少女一樣吧。連銀平也感到一陣戰慄。

對銀平來說，或許久子也是他第一個情人。他們在高級中學裏，是教師和學生的關係，銀平卻愛上了久子。銀平覺得這段日子是他以往半生最幸福的時刻。父親在世時，幼年的銀平在農村曾嚮往過表妹彌生，那無疑是純潔的初戀，只不過是年紀太小了。

銀平不能忘記，九歲還是十歲那年，他做了家鯽魚的夢而受到了表揚。故鄉的海裏，那深黑色的波浪上，漂浮著一艘飛艇。細看，原來是一尾大家鯽魚。家鯽魚從海裏跳躍起來，而且長時間地飄浮、停留在空中。不止一尾。家鯽魚從一簇又一簇的波浪之間跳躍。

「啊，大家鯽魚！」銀平喊著醒過來了。

「這是個吉祥的夢。了不起的夢。銀平要發跡啦。」人們這樣傳揚開去。

昨天，從彌生那裏得到一本畫冊，裏面附有飛艇的畫。銀平沒有見過飛艇的實物。但是，當時已經有了飛艇。大型飛機發展起來後，如今沒有飛艇了吧。銀平所做的飛艇和家鯽魚的夢，如今也成了過去。這與其說銀平做了發跡的夢，不如說是夢卜，有可能是與彌生結婚的夢兆吧。銀平並沒有發跡。即使沒有失去高中國語教師的職務，也是沒有希望發跡了。沒有像夢中美麗的家鯽魚那樣從人波中躍起的力氣，也沒有在人頭之上的半空飄浮的力量。歸根結柢，可能是墮入了幽黑的浪底的因果報應吧。自從和久子燃起鬼火之後，幸福短暫，淪落卻很快。正如銀平對久子警告過的，她向恩田洩漏的祕密，可能變成復仇的魔鬼鬧騰起來。恩田告發是毫不留情的。

打那次之後，銀平決計在教室裏盡量不瞧久子一眼。難辨的卻是，不由自主地把視線移到恩田的座位上。銀平把恩田叫到校園的一角，請求她保守祕密，還威脅過她。然而，恩田對銀平的憎恨，不是出於正義感，而是直觀產生的強烈罪惡感。銀平就是向她申訴愛情的可貴，她也斷然地說：

「先生太不純潔了。」

「妳才不純潔呢。人家向妳坦白了自己的祕密，妳卻把這個祕密洩漏出去，還有比這種事更不純潔的嗎？難道妳心上爬滿了蛞蝓、蠍子、蜈蚣嗎？」

「我沒向任何人洩漏過啊。」

然而，不多久，恩田給校長和久子的父親投了信。投信是匿名的，據說有時信署「蜈蚣緘」。

銀平終於按久子選擇的地點幽會了。久子在戰後買的房子，在過去來說是郊外，不過戰前山手的宅邸遭戰火洗劫已是殘垣斷壁，只留下部分鋼筋水泥牆。久子害怕被人發現，喜歡在這樣的牆後與銀平幽會。現在這屋敷町的廢墟，大都修蓋了大大小小的屋宇，空地已經不多。一個時期令人生畏的廢墟景象或危險也消失了。那地方確實被人們遺忘。那裏雜草叢生，高得足以把他們兩人隱藏起來。當時還是女學生的久子，也許認為這裏原來是自己的家，從而感到安心吧。

久子很難給銀平寫信。銀平也不能寫信給久子，不能往久子家裏或學校掛電話，不能託人捎口信，和久子聯繫的途徑幾乎都不通了，只好在這塊空地的鋼筋水泥斷垣內側，用粉筆寫點留言，讓久子到這兒來看。約定好寫在高牆的下端。野草掩蓋，不易被人發現。當然不能寫得太複雜，充其量寫上希望見面的日期和時間，起一種祕密告示板的作用。有時也由銀平來看久子寫下的留言。久子方面決定了幽會時間，就可以用快信或電報通知銀平。而銀平方面則需要提前、早早將日子和時間寫在牆上，然後等待看到久子寫上答應的暗號。久子受到監視，夜間很難出來。

銀平在出租汽車裏第一次看到桃紅色和淺藍色那天，就是久子來找他的日子。久子蹲在近牆的草叢中等待著銀平。有一回銀平對久子這樣說道：「這堵牆的高度，不正說明妳父親太殘酷無情嗎。牆上還插著玻璃碴兒和倒釘尖吧。」的確，從周圍新建的平房，是窺不見牆這邊的。即使修建一戶兩層洋房，由於新式設計，樓房低矮，從二樓探出身子，庭院的三分之一都遮掩在視野之外。久子瞭解這一情況，就待在靠牆的地方。門原先是木造的，沒被燒毀。這土地不準備出售，首先就沒有好奇的人進來。午後三點左右，就可以在此幽會了。

「啊，妳剛從學校回來嗎。」銀平說著一隻手搭在久子的頭上，然後蹲了下來，靠過去用雙手捧著久子蒼白的臉。

「老師，沒有時間呀。放學回家的時間家裏人都掌握了。」

「我知道。」

「我說，有《平家物語》[6]的課外講座，想留下來，可家裏不允許。」

「是嗎？久等了？腳麻了吧？」銀平把久子抱到膝上。光天化日，久子有點靦腆，滑了下來。

「老師，這個……」

6《平家物語》，日本中世紀的著名歷史演義小說。作者不詳。

「什麼，錢？怎麼啦？」

「我偷來給您的呀。」久子閃爍著炯炯的目光。

「兩萬七千圓呢。」

「是令尊的錢嗎？」

「母親的錢。」

「我不要。馬上就會發覺的。還是放回去吧。」

「發覺的話，點把火將房子燒掉好嘍。」

「妳又不是蔬菜店的阿七[7]……哪有人為了兩萬七千圓就燒掉一千多萬圓的屋子呢。」

「這是母親背著父親積攢的私房錢，她不會嚷出去的。我也再三考慮才偷出來的。既已偷出來又把它放回去，那就更可怕了。一定會全身顫抖，被人家發覺的。」

銀平收下久子偷來的錢，這不是第一次了。不是銀平出謀劃策，而是久子自己的主意。

「老師嘛，勉強可以維持生活。我有個學生時代的朋友，他是一家公司經理的祕書；那經理叫做有田，這個朋友不時讓老師為經理撰寫講演稿。」

「有田先生？……那人叫有田什麼？」

「叫有田音二，是個老人。」

「唉呀，是我這間學校的理事長吶。他……家父就是拜託有田先生幫我轉校的。」

「是嗎？」

---

7 蔬菜店的阿七，是傳說故事的主人翁。相傳她是江戶一位蔬菜店主的獨生女，遇上天和二年十二月的大火災，逃到某寺院裏避難，愛上了寺院的小和尚。小和尚以為放把火毀掉寺院，兩人就可以逃出，然事情未遂，被處以火刑。

「原來理事長在學校的講稿，也是桃井老師寫的？我過去不知道呢。」
「人生就是這麼回事。」
「是啊。明月一出來，我就想老師大概也在賞月吧；風雨的日子，我就想老師的公寓不知怎麼樣了。」
「據祕書說，那位叫有田的老人正在為一種奇怪的恐怖症而苦惱呢。祕書拜託我：在講稿裏盡量不要寫妻子、結婚一類的話。我覺得在女子高中學校發表講話，當然要寫上嘍。有田理事長演說中途，恐怖症沒有發作吧？」
「沒有。我沒有注意呀。」
「是嗎。啊，在眾目睽睽之下……」銀平獨自點了點頭。「所謂恐怖症發作，是什麼樣的呢？」
「情況各種各樣。說不定我們自己也有呢。我佯裝發作給妳看看吧。」銀平說罷閉上了眼睛，故鄉的麥田便浮現在他腦際。一個婦女騎著農家的無鞍馬，從麥田對面的道路奔跑過去。女子將一條白手巾圍在脖頸上，在前面打了結。

「老師，哪怕勒脖頸也行啊。我不想回家了。」久子溫情脈脈地竊竊私語。銀平發現自己一隻手抓住久子的脖頸，不禁愕然。他把另一隻手也搭上去，試量著久子的脖子。銀平雙手的指尖接觸在一起。銀平讓錢包滑進久子的胸口。久子馬上蜷曲著胸部，後退了一步。

「把錢拿回家吧……這樣做，妳我都要犯罪的。恩田不是告發我是個罪人嗎。據說她的信裏這麼寫道：像那樣一個見不得人的人，那樣一個撒謊的人，以前一定幹過許多壞事……妳最近見過恩田嗎？」

「沒見過。也沒來信。我不瞭解她的為人。」

銀平沉默了片刻。久子給他展開一塊尼龍包巾。這樣反而傳來了泥土的涼氣。四周的草吐出一陣陣清香。

「老師，請您還是跟蹤我吧。不讓我發覺地跟蹤我吧。還是在放學回家的時候好。這回的學校路遠了。」

「而且，在那扇豪華的門前面，妳裝作才發現的樣子是嗎？然後妳在鐵門裏漲紅臉瞪著我是嗎？」

「不。我會讓您進來的。我家很大，不會被人發現。我的房間裏，也有地方可以躲藏起來。」

銀平感到欣慰，心情十分激動。這個計畫，不久便實現了。但是，銀平卻被久子的家人發現了。

以後不知經過多少歲月，銀平離開了久子。就是在他被可能是牽狗少女的情人——那個學生從土堤上推下來之後，他一邊望著桃紅色的晚霞，一邊情不自禁地呼喚著「久子！久子」，回到公寓裏。土堤的高度是銀平身高的兩倍，肩膀和膝蓋都摔得青一塊紫一塊。

翌日傍晚，銀平又不由自主地到了林立銀杏街樹的坡道上去看望少女。那位純潔的少女，對銀平的跟蹤毫不在意，銀平也這樣想到：自己一點也不想加害於她，不是嗎？就像悲嘆掠空而過的大雁一樣，也彷彿是在那裏目送光輝年華的流逝。銀平是個不知明日命運的人。那少女也不是永遠都美。

銀平昨天同學生搭話，被學生認識了，他不能在銀杏街樹的坡道上流連徘徊，更不能在學生等待少女的土堤上待下去。聳立著街樹的人行道和舊時貴族的宅邸之間有一道溝，銀平決定躲在這裏面。萬一被警官懷疑，就佯裝醉酒摔下，或者被暴徒推落，呼喊腰腿痛便可以了。佯裝醉酒是可以應付過去的，因此他為了呼出點酒氣，喝了少許酒才出門。

雖說昨天就知道溝很深，可下去一看，覺得與其說深不如說寬了。溝兩側是很美觀的石崖，溝底也鋪上了石子，草從石縫生長出來，去年的落葉已經腐爛了。如果把身子靠近人行道這邊的石崖，直接登上坡道的人大概是發現不了。銀平躲藏了二、三十分鐘，連石崖上的石頭也想咬上一口。石縫裏綻開的紫花地丁跳入了眼簾。銀平蹭行過去，將紫花地丁含在嘴裏，用牙齒咬斷，咽了下去。非常難咽。銀平使勁強忍住欲滴的淚珠。

昨日的少女，今日又牽著狗在坡道下方出現了。銀平拓開雙手，抓住石頭的角，彷彿要被石頭吸進去，焦急地抬起了頭。手顫抖著，只覺石崖行將倒塌似的，心臟的悸動，撞擊著石頭。

少女上身仍是昨天的白色毛衣，下身不是穿褲子，而是換了深紅色裙子，鞋也是穿高級的。白色和深紅色在街樹和嫩綠中浮現，走了過來。從銀平的上面通過時，少女的手就在銀平眼前。白皙的手從手腕到胳膊顯得更加潔白。銀平從下面抬頭望見了少女潔淨的下巴頦，他「啊」地叫了一聲，就閉上了眼睛。

「在，在。」

昨天的學生在土堤上等候著。在快到土堤的坡道半路上，從溝底望去，走向土堤的他們倆，膝蓋以上的身軀在青草叢中移動著。銀平等少女回家，直到黃昏時分，少女還沒打坡道經過。大概是學生對少女談了昨天那奇怪男子的事，所以她避開這條路了吧。

爾後，銀平不知多少回，在銀杏街樹林立的坡道上彷徨惆悵，或在土堤的青草地上長時間仰臉躺著睡。可是，看不見少女。少女的幻影，夜間也把銀平誘到這坡道上來。銀杏的嫩葉很快變成鬱鬱蔥蔥的綠葉。月光把它們的影子灑落在柏油馬路上。黑壓壓地壓在銀平頭頂的街樹，威脅著銀平。銀平想起了當年在本州西北部的故鄉，夜海的黑暗突然使自己感到害怕而跑回家的往事。從溝底傳來了小貓的叫聲。銀平駐步，往下看了看。沒有看見小貓，卻模模糊糊地看見一個箱子。箱子裏有什麼東西微微在騷動。

「果然，這倒是個扔貓崽的好地方。」

有人把剛生下來的貓崽整窩地扔在箱子裏。不知道幾隻。牠們悲鳴、挨餓，死去。銀平試著把這些貓崽比做自己，特地傾聽貓崽的哀鳴。但是從這天夜裏以後，少女再也不曾在坡道上出現。

六月初，在報紙上看到了這樣一條消息：距坡道不遠的護城河上將舉辦捕螢會。那是一條有出租小船的護城河。那少女一定會來參加捕螢會。銀平這樣相信。她常常牽著狗散步，肯定就住在附近。

母親老家的湖也是有名的螢火蟲產地。自己曾由母親領著去撲螢火蟲，將撲到的螢火蟲放在蚊帳裏。彌生也這麼做了。隔扇敞開，我和隔壁房間蚊帳裏的彌生比著數誰的螢火蟲多。螢火蟲飛來飛去，很難數清。

「阿銀真狡猾。總是那麼狡猾啊。」彌生坐起來揮舞著拳頭說。

最後，她開始用拳頭敲打蚊帳，蚊帳搖來搖去，停在帳中的螢火蟲飛了起來。可是沒有幫助，彌生更加焦灼。她每揮舞一次拳頭，膝頭都蹦跳一下。彌生穿著元祿袖、短下襬的單衣，捲到了膝蓋以上。於是膝蓋彷彿漸漸往前移動，彌生的蚊帳邊向銀平的方向鼓起，形成了奇妙的形狀。彌生恍如罩著蚊帳的妖精。

「現在彌生那邊多了。瞧瞧後面。」銀平說。彌生回過頭去：

「當然多啦。」

彌生的蚊帳搖晃著。帳中的螢火蟲全部飛起來，熒光點點，看起來確是很多，無可爭辯。

銀平至今還記得，當時彌生的單衣是大十字碎白道花紋。可是，和銀平同一帳中的母親又怎麼樣呢。對彌生的鬧騰，什麼也沒說嗎？銀平的母親姑且不說，彌生的母親跟她一起睡，也沒叱責嗎？旁邊應該還有彌生的弟弟。銀平眼前除了彌生以外，其他人全沒想起來。

近來銀平時不時地看見母親娘家湖面上夜間閃電的幻影。電光一閃，幾乎照遍了整個湖面，爾後又消失。閃電過後，湖邊飄起了螢火蟲。銀平又可以看到湖邊螢火蟲的幻影了。螢火蟲是後想起來的，這點記憶可不準確。許多時候，夏天閃電過後，都有螢火蟲，或許由於這種原因，後來才加上螢火蟲的幻影吧。就算是銀平多麼富於幻想，也不會將螢火蟲的幻影，認為就是在湖上死去的父親的幽魂，但湖面上夜間閃電消失的瞬間，卻叫人不愉快。每次看到幻影的閃電，銀平對於陸地上又寬又深的水紋絲不動地承受夜空忽地出現的閃光，不由強烈地感到自然的靈怪或是時間的悲鳴而忐忑不安。閃電照亮了整個湖面。這大概是幻影所為。銀平也知道在現實中是不存在的。也許他是在想：如果遭到巨大的雷擊，蒼穹瞬間閃爍的火光會照亮身邊世界的一切。這宛如他第一次接觸怯生生的久子一般。

久子從此突然變得大膽起來，銀平萬分震驚，或許是同遭到雷擊似的吧。銀平被久子誘進了她家裏，他成功地悄悄溜進了久子的起居室。

「房子果然很大啊。我都不認得回家的退路了。」

「我送你走嘛。從窗口出去也成。」

「可是，這是二樓吧。」銀平有點畏怯。

「把我的腰帶接起來當繩子用嘛。」
「家裏沒有狗嗎？我很討厭狗。」
「沒有狗。」
久子只顧閃爍著目光凝視著銀平。
「我不能跟老師結婚。我希望我們能在一起，能在我的房間裏，哪怕一天也好。我不願意待在『人看不見的地方』。」
「這個詞既有純粹是『人看不見的地方』的意思。現在一般使用這個詞，是指另一個世界、九泉之下的意思啊。」
「是嗎。」久子心不在焉。
「國語老師的職務都被革去了，何苦談這些呢……」
但是，有這樣的教師，無論怎麼說都是不好的。這個社會多可怕啊！銀平想像不到作為女學生的洋房，竟這樣華美和奢侈，銀平被它的氣勢所壓倒，以致淪為被追趕的罪人。這個銀平，與從久子如今上的學校校門一直跟蹤到這家家門來的銀平，簡直判若兩人。當然，久子明明知道卻佯裝不知。她已經完全被銀平掌握了。雖然這是玩弄陰謀詭計，但卻是久子方面所追求的，也是銀平所樂意的。

「老師。」久子冷不防地握住銀平的手說：

「現在是晚飯時間，請您等一會兒。」

銀平把久子拉到身邊親吻了一下。久子希望長吻，將身體重心都放在銀平的胳膊上。銀平要支撐住久子，這給銀平多少增添了勇氣。

「我去吃飯時，老師，您幹什麼好呢？」

「唔？妳有沒有相冊？」

「沒有呀，我沒有相冊，也沒有日記本，什麼都沒有。」久子仰望著銀平的眼睛，搖了搖頭。

「你也不曾談過童年時代的回憶啊。」

「那太沒意思了。」

久子連嘴唇也沒揩揩就走出去，不知她是帶著一副什麼樣的表情與家人共進晚餐的。銀平發現牆壁凹陷處、掛著帷幔的後面是間小小的盥洗室，他小心翼翼地擰開了水龍頭，認真地洗洗手，洗洗臉，然後漱了漱口。似乎還想洗洗那雙醜陋的腳。可又覺得脫下襪子，舉腳放在久子洗臉的地方，是難以做得出來的。再說即使洗了，腳並不就變得好看，也只能再次看清這腳的醜陋。

久子如果不為銀平做三明治端出來，恐怕家裏人還不會發現他們這次私會。她是用銀盤盛著全套咖啡食具一起端出來的，這未免過於大膽了。響起連續的敲門聲。久子急中生智倒像責問似地說：

「是媽媽嗎？……」

「是啊。」

「我有客人。媽媽，您別開門。」

「是哪位。」

「是老師。」久子用細小而有力的聲音斷然地說。這當兒，銀平驀地站了起來，彷彿沐浴在瘋狂的幸福之中。他手中有槍的話，也許會從後面向久子開火，讓子彈穿過久子的胸膛，射在門那面的母親的身上。久子倒在銀平這邊，母親倒在對面。久子和母親隔門相對，兩人勢必向後面倒下。但是久子就連倒下也做了個漂亮的轉身，轉向銀平，抱住銀平的小腿。從久子的傷口噴出來的血，沿著銀平的小腿往下流，濡濕了銀平的腳背，腳上發青的厚皮一下子變得宛如薔薇的花瓣，漂亮極了，腳心的皺紋舒開，像櫻貝一樣潤澤光滑；腳趾原是像猿趾一樣長，骨節突出、彎曲乾癟，很快就被久子的鮮血沖洗，變得像服裝模特兒的手指那樣，樣子好看多了。銀平忽然意識到久子的血不會那麼多，這才發覺自己的血也從胸膛的傷口噴湧而出。銀平神志不清，像被來迎佛駕御的五色彩雲籠罩上了似。這種幸福的狂想，也不過是一瞬之間。

「久子拿到學校去的腳氣塗劑，裏面摻混著久子的血。」

銀平聽見了久子父親的話聲。他嚇了一跳，擺好了架勢。原來是幻聽。是很長時間的幻聽。銀平醒悟過來後，滿目都是久子面對門扉亭亭玉立的丰姿，他的恐懼也就消失了。門扉外側，鴉雀無聲。銀平透過門扉可以看見母親被女兒瞪得全身顫抖的形象。那是一隻被雛雞啄光了羽毛的赤裸母雞。可憐的腳步聲從走廊上遠去了。久子冒冒失失地走到門前，喀嚓一聲把門鎖上，掉轉頭來看了看銀平。銀平依然是一隻手緊緊抓住門的把手。久子精疲力盡，把脊背靠在門扉上，眼淚撲簌簌地流了下來。

當然，母親走後，父親踏著粗暴的腳步聲來了。他嘎噠嘎噠地搖動著門把手。

「喂，開門！久子，開門啊！」

「好，見見妳父親吧。」銀平說。

「不。」

「為什麼？只好見見了嘛。」

「我不想讓父親見您。」

「我不會胡來的。我連手槍也沒有嘛。」

「我不想讓他見您。請您從窗口逃走吧。」

「從窗口？……好吧，我的腳就像猿腳。」

「穿鞋可危險啊。」

「我沒穿鞋。」

久子從衣櫥裏取出兩、三條腰帶，把它們連接起來。父親在門外終於咆哮了。

「就給您開，請等一會兒。我們不會殉情的……」

「說什麼？真不像話！」

看樣子他遭到了突然襲擊，門外一時寂然無聲。

久子將從窗口垂吊下去的腰帶一頭盤纏在兩隻手腕上，一邊使勁地支撐住銀平的重量，一邊淌著淚珠。銀平用自己的鼻尖蹭了蹭久子的手指，便順著腰帶輕巧地滑落下去。他本來是打算把嘴唇貼上去，由於臉朝下，結果是鼻尖碰上了。銀平本來還想親吻她的臉頰以表示謝意和告別。可是，久子彎下腰身，將膝蓋頂著窗前的牆壁，使勁挺起胸部，待在窗下的銀平搆不著她的臉頰。銀平的腳站到地面時，拉了兩次腰帶給她信號。拉第二次時，手上沒有反應。腰帶在窗戶射進來的光線照映下，滑落下來了。

「啊？給我嗎？我就拿走啦。」

銀平從庭院邊跑邊揮動一隻胳膊，將腰帶迅速地纏在胳膊上帶走。他猛一回頭，瞥見久子和形似她父親的形象並排站在銀平逃脫出來的那個窗戶邊上。看起來她父親也不能揚聲呼喊。銀平像猿猴般越過飾有蔓藤花樣的鐵門逃走了。

這個久子，如今大概已經結婚了吧。

打那以後，銀平只見過久子一面。銀平當然經常去久子聽說的「人看不見的地方」、久子的舊宅邸廢墟。沒有發現久子在草叢中等待，也沒有看見久子寫在鋼筋水泥牆內側的留言。然而，銀平並不死心。就是在積雪的冬天，那兒的草已經枯萎了，他還是不時地前去察看，從沒停止過。可以說，這是一種可怕的力量吧。當春天的嫩草帶著淺綠色重新繁盛起來，銀平又能在其中幽會久子了。

不過，這次是久子和恩田信子兩個人。莫非久子打那以後為了追逐銀平，也時常到這兒來，只是錯開而沒有相遇嗎？起初銀平也很激動，後來他從久子驚愕的表情明白了，她全然不是等候自己，而是在這裏跟恩田相會。在昔日的祕密地點，和那個告密者恩田相會，究竟為什麼呢？銀平又不能輕率地張嘴探問。

恩田像要壓住久子呼喊「老師」似的，使勁喊了同樣的一聲：「老師。」

「玉木，妳還跟這樣的人打交道嗎？」銀平低頭望著恩田的頭，用下巴頦指了指。兩個少女坐在一塊尼龍包巾上。

「桃井老師，今天是久子的畢業典禮吶。」恩田抬頭瞪了銀平一眼，用類似宣言的口吻說。

「啊，畢業典禮？……是嗎。」銀平不覺附和了一聲。

「老師，從那以後，我一天也沒上過學校。」久子申訴地說。

「哦，是嗎。」

銀平突然感到胸口一陣顫動。也許是顧忌仇敵恩田，也許是暴露出教師的本性，他不由自主地說：

「不上學也能畢業啊。」

「有理事長的賞識，當然能畢業嘍。」恩田回答。這對久子來說，不知是好意還是惡意。

「恩田，妳是個高材生，我請妳住口！」銀平又向久子問道：「理事長在畢業典禮上致賀辭了嗎？」

「致賀辭了。」

「我已經不給有田老人寫講稿了。今天的賀辭，和以前的風格不同嗎？」

「很簡短。」

「你們兩人在說些什麼呢？你們兩人的關係不見得沒話可說吧？」恩田說。

「如果妳不在，積壓在我們心頭的話，傾吐也傾吐不盡呢。但是，我再也不敢讓奸細聽見，吃那份苦頭了。妳有話對玉木說，就快點說完吧。」

「我不是奸細。我只不過想從不純潔的人手中保護玉木罷了。多虧我的信，玉木才可以轉校，她雖然沒有上學卻能免遭先生的毒害。我認為玉木是個很值得愛護的人。不管先生怎樣懲罰我，我都要和先生對抗。玉木妳憎恨先生吧？」

「好，瞧我治治妳，不快點逃跑可危險啊。」

「我不離開玉木。我是在這裏跟她相會的。請先生回去吧。」

「妳在充當監督侍女嗎？」

「沒人委託我這麼做。這是骯髒的。」恩田扭開臉不理睬了。

「久子，咱們回去吧。對這個骯髒的人，妳就滿懷怨恨和憤怒，道聲訣別吧。」

「喂，我講過了，我有話跟玉木說，還沒把話說完呢。妳走吧。」銀平輕蔑地摸了摸恩田的頭頂。

「骯髒。」恩田搖了搖頭。

「對了，什麼時候洗頭的？不要太臭太髒的時候才洗喲。要不，就沒有男人撫摸吶。」

銀平衝著令人氣憤的恩田說。

「喂，還不走？我是不在乎對女人拳打腳踢的。我是個無賴漢喲。」

「我這姑娘遭拳打腳踢也無所謂。」

「好。」銀平剛要動手拽住恩田的手腕，回頭對著久子說：「可以揍吧？」

久子用眼睛示意像是贊同。銀平就勢把恩田拖走了。

「討厭、討厭，你要幹什麼！」
恩田拚命掙扎，企圖咬銀平的手。
「唉呀，妳想親骯髒男人的手嗎？」
「我要咬！」恩田叫喊，卻沒有咬。
從焚毀了的大門遺跡走出大街，由於有人，恩田挺直著走。銀平緊攥住她的一隻手不放，叫住一輛空車。
「這是出走的姑娘。拜託了，她家裏人在大森林站等著她。趕緊把她送去。」
銀平胡謅了一通之後，把恩田抱起、推到車箱裏，然後從兜裏掏出一千圓扔到駕駛座。車子奔馳而去。
銀平返回牆壁內側，看見久子依然坐在包巾上。
「我把她當作出走的姑娘，推進了出租汽車，讓司機把她送到大森林去。花了一千圓。」

「恩田為了報仇，又會給我家裏寫信的。」

「她比蜈蚣還毒！」

「不過，也許不寫。恩田想上大學，她也勸我來著。她好像要當我的家庭教師，讓我父親給她出學費。因為恩田家經濟狀況不好……」

「妳們在這兒會面，就是談這件事嗎？」

「是啊。過年的時候，她給我來過信，說是想見見我。可我不願意讓她到我家裏來，就回信說我能出席畢業典禮。恩田也就在校門口等我了。不過，我也是想到這兒來一趟。」

「打那以後，我不知道到這兒來過多少次。就是在積雪的日子裏也……」

久子現出可愛的酒窩，點了點頭。乍看這少女，誰知道她和銀平會發生那種事情呢。就是從銀平身上，誰又能看出他有什麼「毒辣手段」的痕跡呢。久子說：

「我在想，老師會不會來呢。」

「即使街上的雪都融化了，這裏的雪仍殘存著。牆壁很高……看樣子把馬路的雪都耙到這裏來了。門裏都堆成了雪山。對我來說，這像是我們兩人的愛的障礙。我總覺得在那雪堆下掩埋了嬰兒。」最後銀平說了一通奇怪的夢話之後，猛然恍悟，緘口不語了。久子用明亮的目光望著他，點了點頭。銀平慌忙改變了話題。

「這麼說，妳打算和恩田上大學嘍？……學什麼專業呢？……」

「沒意思，女孩子上什麼大學……」久子若無其事地回答。

「那時候的腰帶，我還珍藏著呢。妳是給我留作紀念的吧？」

「一鬆口氣，就離手了。」這也是若無其事地說出來的。

「受到令尊的嚴厲斥責了？」

「他不讓我單獨外出。」

「我不知道妳連學校也不去。早知這樣，我趁黑夜從窗口偷偷進去就好囉。」

「有時，半夜裏我也從那個窗口望著庭院。」久子說。久子遭禁閉的日子裏，似乎恢復了少女的純潔。銀平悲嘆自己似乎喪失了理解和掌握這個少女的心理的靈感了。沒有說話的興頭和機會。不過，銀平即使坐在剛才恩田坐過的包巾的一端，久子也不躲避。久子身穿嶄新藍色連衣裙，領子上飾有花邊，華麗極了。可能是為了參加畢業典禮吧。也許銀平看了也不會曉得，她已化過近來時興的、巧妙的透明妝了。她身上飄溢著一股股淡淡的香氣。銀平把手輕輕地搭在久子的肩上。

「走吧，兩人逃到遠方去吧。到那寂靜的湖邊去怎麼樣？」

「老師，我已下決心不再見您了。今天能在這兒見面，我也感到很高興，但願這是最後一次。」久子不是用擯棄的口吻，而是以平靜的傾訴語氣說，「非見老師不可的話，我會不顧一切去找老師的。」

「我將淪落到社會的底層去啊。」

「哪怕老師在上野的地下道，我也會去的。」

「現在就去吧。」

「我現在不去。」

「為什麼？」

「先生，我受傷了，還沒康復。我恢復元氣以後，還迷戀老師的話，我會去的。」

「噢？……」

銀平頓時全身上下都麻木了。

「我完全明白了。妳最好還是不要下到我的世界。因為被我拉出來的人，又將會被封鎖在深淵裏。不然就可怕嘍。我將把妳看成是從另一處世界來的人，我將終生愛慕妳、回憶妳、感謝妳啊。」

「我若能把老師的事忘掉，我就忘掉。」

「對，這就行了。」銀平加強語氣說，心頭一陣悲痛。

「不過，今天……」銀平的聲音有些顫抖。

出乎意料地朝久子點了個頭。

在車子裏，久子也是沉默不語。轉眼間，她泰然自若的臉微微飛起了紅霞，緊緊地閉合上眼簾。

「妳睜眼看看，有惡魔。」

久子睜開了大而美麗的眼睛，卻不像是看惡魔的影子。

「真寂寞啊！」銀平說著，吻了吻久子的眼睫毛。

「還記得嗎？」

「記得。」久子徒勞的耳語，拍擊著銀平的耳膜。

此後銀平再沒見到過久子。他曾不知多少回在那廢墟上流連徘徊。不知什麼時候起，大門圍起了一道板牆。雜草被除淨、土地被平整，約莫一年半、兩年之後，開始大興土木了。這小戶的人家，不像是久子父親的宅邸。是賣給誰了吧。銀平一邊聽著木匠美妙的刨木板聲，一邊閉上眼睛佇立在那裏。

「再見！」銀平向遠方的久子說。心想：但願和久子在這裏的那段回憶，能給新建住戶的人家帶來幸福就好了。刨聲就那樣地在銀平的腦子裏旋蕩，他心情無限愉悅。

銀平以為已將這座房子賣給別人，也就再沒到這「人看不見的地方」來了。其實，銀平哪兒知道久子已經結婚，並且遷到這個新居來呢。

銀平相信：他的「那個少女」，一定會來有出租小船的護城河參加捕螢會。這是多麼可怕的信念，它成了第三次邂逅。

捕螢會連續舉辦五天。一個晚上，銀平果然盼來了町枝。一連幾天，銀平可能都來過了。報上刊登這次捕螢會的消息是在捕螢會開始的兩天後，如果說少女也是受晚報的誘導前來的話，那麼銀平的預感就不是那麼準確了。銀平把那張晚報揣在兜裏，走了出去，心裏早已裝滿了見少女時的那份心思。似乎沒有什麼語言可以表現少女那雙眼角細長的眼睛，銀平用雙手的拇指和食指，在自己的眼睛上方描著漂亮小魚的生動形狀，一邊反覆地做著動作一邊行進。他聽見了天上舞曲。

「來世我也要變成一個年輕人，長一雙美麗的腳。妳像現在這樣就成了。讓我們兩人跳一支白色芭蕾吧。」自言自語地說出了自己的憧憬。少女的衣裳是古典芭蕾的潔白色。衣裳下襬展開，飄了起來。

「人世間這位少女多美麗啊。只有在美滿的家庭裏才能養育出那樣的少女。那樣迷人的美貌也只能維持到十六、七歲吧。」

銀平覺得那少女迷人的時間是短暫的。猶如含苞待放的蓓蕾，吐出高雅的清香時間也很短暫。現在的少女們玷汙了學生的榮譽。那少女的美，被什麼東西洗得如此潔淨，又為了什麼從內在發出了亮光呢？

小船碼頭也貼出了「八點開始放螢火蟲」的告示。東京的六月，七點半天才擦黑。日落之前銀平在護城河的橋上來回踱步。

「乘小船的客人請拿號等候。」不斷地傳來擴音器的叫喚聲。捕螢會生意興隆，不免令人感到這是出租小船的鋪子招徠客人的一著。因為還沒有放螢火蟲，橋上的人們只好呆呆地看看上下船的人，或者望望水上的行舟。銀平等候著一位少女，只有他是生氣勃勃的，小船和人群都沒跳入他的眼簾。

銀平還曾到過銀杏街樹林立的坡道兩趟。他考慮是不是躺在那溝道裏，可又回憶起前次躲藏的情形，便把手搭在石崖上，暫時蹲了下來。捕螢的傍晚，這條坡道上也有行人來往。一聽見腳步聲，銀平便趕緊走下坡道。腳步聲一陣接一陣，銀平卻沒有回頭。

來到坡道下面的十字路口，眺望熙熙攘攘的捕螢會，只見橋對面的街燈已把低矮的天空照得通亮，汽車的前燈也在馬路上搖曳。噢，快能見到她了。銀平格外興奮。不知為什麼，他沒拐到護城河那邊，一直走過橋到了對面。那邊就是屋敷町。追趕銀平而來的腳步聲，當然是拐向捕螢會那邊。但是，那腳步聲好像是在銀平的脊背上貼了一張黑紙，銀平將胳膊繞到身後。墨黑的紙上，標上一個紅色的箭頭。箭頭指示著捕螢會的方向。銀平心焦如焚，竭力想拿掉脊背上的紙，可後搆不著。胳膊疼痛，關節嘎嘎地響。

「你不能到背上的箭頭所指的方向是嗎？我替你把箭頭取下來吧。」

傳來了女人溫柔的聲音。銀平扭回頭去，後面沒有誰跟來。只有從屋敷町到捕螢會的人群衝著銀平而來。原來是女廣播員的聲音。銀平剛才聽見的話聲，不是女廣播員的聲音，而是廣播劇的道白。

「謝謝。」銀平向夢幻中的聲音招了招手，輕輕鬆鬆地走了。他思忖著：不知為什麼人總有短暫的一瞬是會被寬恕的。

橋頭有出售螢火蟲的鋪子。一隻五圓，一籠四十圓。護城河上還沒飛起螢火蟲。銀平走到橋中央，好不容易才發覺在水中稍高的望樓上有一個很大的螢火蟲籠子。

「撒，撒，快點撒！」

孩子們不住地叫喊。從望樓上撒螢火蟲，捕螢會正要開始。

兩、三個漢子登上了望樓。一隊隊小船泊在望樓邊上，圍上了好幾層。船上有人手拿捕蟲網和竹竿，橋上和岸上的人群，也有人手拿網和小竹子。帶有相當長的把柄。

過橋的地方也可以看見有人賣螢火蟲。

「對面的是岡山產，這邊是甲州產。對面的螢火蟲小。小得很哩。品種完全不同啊。」銀平聽見這話便靠近看了看。這邊的螢火蟲一隻十圓，是對面的一倍價錢；一籠裝七隻，一百圓。

「我要大的，請裝上十隻。」銀平說著，交了兩百圓。

「都是大的，七隻以外，再要十隻。」

賣螢的漢子把胳膊伸進一個大棉布袋裏，從這個沾濕了的口袋裏，閃出了螢火蟲微弱的光。漢子一次抓住一、兩隻，放進筒形的籠子裏。籠子很小，銀平覺得沒有裝足十七隻，他一隻手放在頭上遮著光，賣螢的漢子就呼呼地吹了吹。籠子裏的螢火蟲都放出光來；漢子的唾沫飛濺到了銀平臉上。

「不再放十隻，太冷清了。」

賣螢人又放進了十隻。這時孩子們揚起了一陣歡呼聲。銀平濺了一身水花。從望樓上朝天空撒放的螢火蟲，像行將熄滅的焰火，無力地掉落下來。有的螢火蟲快落到水面又勉強掙扎著向旁邊飛去，被船上的客人用網和小竹子捕捉住。螢火蟲加起來大概不足十隻。為了爭奪這些螢火蟲，網、小竹子都浸上了水，鬧騰了一陣子。他們一揮舞先前濡濕了的小竹子，水星就飛濺到岸上的人們身上。

「今年氣候寒冷，螢火蟲不怎麼飛啦。」有人這麼說。看樣子這是每年的文娛活動。

人們以為又要繼續撒放，卻不是。

「九點以前，還放一次螢火蟲。」對岸小船碼頭前傳來了廣播聲。望樓上的兩、三個男人一動不動。參觀的人群靜悄悄地等待著。還傳來了划槳聲。這些人似乎不限於參加捕螢的活動。

「早點撒放不好嗎？」

「不放吶。一撒放不就完了嗎？」

大人們在紛紛議論。銀平拎著裝有二十七隻螢火蟲的螢籠。他手頭上已有足夠的螢火蟲。為了避開水星飛濺，他從水邊退到後面，依靠在警察崗亭前的樹上。離開了人牆，更容易觀察橋上的動靜。崗亭的一位年輕警察掛著一副和藹可親的臉，幾乎全神貫注地向著護城河那邊。銀平站在他身旁，油然生起一種奇妙的安心感。站在這兒是不會錯過少女的。

過不多久，望樓上又繼續撒放螢火蟲。說是繼續，不過是那漢子一把抓了十來隻拋下罷了。許是有點難捉，許是掌握了良機，群眾喧騰的浪潮一波高似一波，再次掀起了高潮。銀平也和警察一樣並不悠閒。許多螢火蟲構成垂柳形飄落下來，一般飛不很遠。有的卻稀罕地飛遠了，也有的朝橋這邊飛來。橋上的男女老少自然團團圍在望樓一側的欄杆邊上。銀平在他們的後頭邊走邊找少女。不少孩子站在欄杆之外，手拿捕蟲網伺機而動。真佩服他們不至掉落橋下。

人們靠攏過來圍成一團。現場一片騷動。大家都想撲住螢火蟲。螢火蟲不是這樣悠哉哉地飛走了嗎？銀平又回憶起在母親老家湖上所看到的螢火蟲。

「喂，落在妳的頭髮上吶。」

橋上的男人衝著望樓下的小船呼喊了一聲。螢火蟲落在姑娘的頭髮上，姑娘並沒有意識到是在呼喊自己。同船的男子把這隻螢火蟲抓住了。

銀平發現了那個少女。

少女把兩隻胳膊搭在橋欄杆上，俯視著護城河。她身穿白棉布連衣裙。少女的背後也是人山人海，銀平只能從人縫間窺見少女的肩膀或半邊臉面。但銀平是不會看錯的。銀平一度後退了兩、三步，然後緩慢地悄悄靠近她。少女被飛舞著螢火蟲的望樓所吸引，沒顧得回過頭來。

她恐怕不是一個人來吧？銀平想把視線落在少女左邊的青年身上，頓時感到被人捅了一下胸口似的。不是那個在土堤上等待牽狗、把銀平從土堤上推下去的男學生，而是另一個男人。只需從背影也可以判斷出來。他穿著白襯衫，沒戴帽子，也沒穿外衣，也是個學生的模樣。

「打那以後，只過了兩個月。」銀平對少女戀心變化之快，如同踐踏了鮮花一樣，感到震驚不已。少女的戀心，比起銀平對少女的嚮往，不是太無常了嗎？雖說兩人同來觀賞捕螢會未必就是情侶，不過，銀平已經感到，她和那位情人之間似是發生了什麼情況。

銀平鑽進距少女第二個人或第三個人之間，抓住了欄杆，傾耳靜聽。又放螢火蟲了。

「我想抓一隻螢火蟲給水野。」少女說。

「螢火蟲嘛，都帶上鬱悶的氣氛，帶去探病不好吧。」學生說。

「睡不著的時候看看，總是好的吧。」

「會使他感到寂寞的。」

兩個月前見到的那個學生生病了嗎？銀平領會了。他擔心把臉探出欄杆會被少女發現，所以決計在稍許靠後點的地方，凝望著少女的側臉。少女稍高的束髮，從髮結往前梳理得油光波滑，實在豔美。比起在銀杏街樹林立的坡道上的那副打扮來，更加自然、落落大方。

橋上沒有燃燈，一片昏暗。伴隨少女的學生，比先前的學生顯得更加虛弱。他們肯定是朋友。

「這次去探病，你打算談捕螢的情景嗎？」

「今晚的情景？……」學生反躬自問：

「我一去，能夠談町枝的情況，水野一定會很高興。如果談到兩人去參加捕螢活動，水野大概會想像滿天的飛螢吧。」

「我還是想給他螢火蟲啊。」

學生沒有回答。

「我不能去探望他，心裏著實難過。水木，一定要把我的情況，詳詳細細地告訴他。」

「我平時也有跟他說，水野也很理解。」

「水木，你姊姊邀請我參觀上野夜櫻的時候，曾經對我說過：町枝很幸福。可是我不幸福啊。」

「假如聽說町枝不幸福，我姊姊會嚇一跳的。」

「我嚇唬嚇唬她怎麼樣？……」

「唔。」

學生撲哧地笑了，彷彿要避開對方的話頭。

「打那以後，我也沒見過姊姊。妳最好還是讓她覺得有的人天生就是幸福。」

銀平認清了，這個叫水木的學生也是嚮往町枝的。同時他預感到即使叫水野的學生病癒，他和町枝的愛也會破裂。

銀平離開欄杆，悄悄地靠近町枝的背後。棉布連衣裙似乎厚了些。銀平神不知鬼不覺地把鑰匙形狀的螢籠鐵絲掛在町枝的腰帶上。町枝沒有察覺。銀平一直走到橋的盡頭，停住腳步，回頭望了望掛在町枝腰間、微微發亮的螢籠。

少女不覺間發現腰帶上掛著螢籠，她會怎麼樣呢？銀平很想折回到橋中央，混在人群裏打聽一下。這又不是用剃刀去割少女腰身的罪犯，本來是沒什麼可怕的，可是他的腳卻從橋上向後移動。由於這個少女的關係，現在銀平發現自己的感情非常脆弱。也許不是發現，而是重見了感情脆弱的自己。他贊同自己這種辯護，無精打采地朝著與橋相反的銀杏街樹林立的坡道走去。

「啊，大螢火蟲。」

銀平仰望星空，心想螢火蟲，一點兒也不覺得奇怪。反倒是滿懷激動的心情，再次脫口說了聲：

「是大螢火蟲。」

開始聽見雨點打在銀杏樹葉上的聲音。雨滴非常大，非常稀疏。雨聲像是一半化成水落下的冰雹聲，又像是從房檐落下的雨滴聲。是不可能下到平地上的雨，而是落在某個高原的闊葉樹上、在野營之夜也清晰可聞的雨。儘管在高原上，當作夜露的降落聲則是過密了。銀平不記得曾登過高山，也不記得曾在高原上野營過，從哪兒來的幻聽呢？當然，那是來自母親老家的湖邊吧。

「那個村莊算不上是高原。這種雨聲，現在才第一次聽到。」

「不，這種雨聲確實是在什麼時候聽見過。也許是在深山老林裏——欲止的雨聲。積存在樹葉上的雨滴聲，比從天上降下的雨聲更多、更密。」

「彌生，被這種雨淋濕，可冷啦。」

「唔，町枝這個少女的情人，也許是到高原去野營，被這種雨打濕才生病的。由於那個叫水野的學生的詛咒，才在這銀杏街樹上聽到雨妖的聲音。」銀平自問自答。聽見根本沒有降落的雨聲，任憑想像自由馳騁。

今天在橋上，銀平可以瞭解到那少女的名字。倘使昨天，町枝或銀平中一個人故去了，銀平也就無從知道她的名字了。光是瞭解到町枝這個名字，也算是了不起的緣分。因此，銀平為什麼要遠離町枝所在的橋，去攀登明知町枝不在的坡道呢？前往捕螢會的護城河途中，銀平曾不由自主地兩次來到這條坡道上；見到町枝之後，他覺得町枝一定會走這條坡道。留在橋上的少女，她的幻影正從這些銀杏街樹往下移動著。她拎著螢籠去探望病中的戀人。

銀平只想試試這樣做，除此別無其他目的。他把螢籠掛在少女的腰帶上，恍如在少女的身上燃燒自己的心。事後，可以認為這是銀平感傷的表現，也可能是少女很想把螢火蟲送給病人，銀平這才悄悄地將螢籠送給了她。

夢幻的少女在白色連衣裙的腰帶上掛著螢籠，攀登著銀杏街樹林立的坡道，去探望病中的情人，夢幻的雨打在夢幻的少女身上……

「唔，就是作為幽靈，也是平平凡凡的。」銀平這樣自我解嘲。不過，如果町枝如今同那個叫水木的學生在橋上，那麼也應該同銀平在這條黑暗的坡道上。

銀平撞在土堤上了。他剛要登上土堤，一隻腳抽筋，他抓住了青草。青草有點潮濕。另一隻腳沒那麼疼痛，他還是爬了上去。

「喂。」銀平喊了一聲，站起身來。一個嬰兒從銀平爬過的地方學著銀平也在爬行。像是在鏡面上爬行，銀平和這個嬰兒像合掌的兩隻手那樣。這是冰冷的死人的手掌。銀平慌了神，回想起某溫泉浴場的一家妓院，澡盆底變成了一面鏡子。銀平爬到土堤盡頭。這裏就是町枝的情人水野喊了聲「混蛋」，便一拳把他打翻在地、從土堤滾落下去的地方，那天正是他第一次跟蹤町枝。

町枝在土堤上對水野說過，她看見了慶祝「五．一」勞動節的紅旗隊伍從對面的電車道上通過。銀平留神望著一輛都營的電車從那條電車道上緩緩行駛過去。黑夜中電車車窗透射出來的光線，把街樹的繁枝茂葉映得搖搖曳曳。銀平繼續直勾勾地盯視著。土堤上也沒有夢幻的雨聲。

銀平聽見一聲「混蛋」，就從土堤上滾落下來。自己翻滾不甚高明，掉落在柏油馬路上，一隻手還抓著土堤的青草。他爬起來，聞了聞那隻手的味兒，從土堤下面的道路走遠了。銀平覺得彷彿有個嬰兒從土堤的泥土裏跟著他走動。

銀平的孩子豈止下落不明，而且生死不詳，這是銀平生平不安的原因之一。銀平相信，假使孩子活著，有朝一日肯定會偶然相遇。但是，那究竟是自己的孩子，還是別的男人的孩子呢？銀平也不大清楚。

銀平學生時代，一天傍晚，在住宿的那戶人家門口，發現了一個棄兒，附有一封信，上面寫著：「這是銀平先生的孩子」幾個字。這家主婦吵嚷了好一陣子，銀平不驚慌，也不羞愧。一個命運迫使、行將奔赴戰場的學生，怎能無緣無故地撿個棄兒來撫養。何況對方又是娼妓呢。

「純粹是惡作劇啊，大嬸。我跑了，這是有意報復。」

「她懷了孩子，桃井先生逃跑了？」

「不，不是的。」

「那麼逃跑什麼呢？」

銀平對此沒有回答。

「把嬰兒退回去就成了。」銀平低頭看了看主婦抱在膝上的嬰兒。

「請先放在妳這裡。我把那個同謀者叫來。」

「同謀者？什麼同謀者？桃井先生，不是想把嬰兒撂下就逃走吧？」

「噢？」主婦帶著懷疑的神情，一直跟隨銀平到了正門。

銀平把老朋友西村誘了出來。但是嬰兒還是由銀平帶著。這也無可奈何，因為棄嬰的人是銀平的對象。銀平把嬰兒抱在大衣裏，下面扣上了鈕子，鼓鼓囊囊的。在電車上，嬰兒當然號啕大哭。乘客們對這位大學生奇妙的模樣，倒是報以好意的微笑。銀平作了個怪相，靦腆地笑了笑，然後讓嬰兒的頭從大衣的衣領露出來。這時候，銀平只好低下頭，萬般無奈地繼續盯著嬰兒的臉。

東京已經遭遇過第一次大空襲，那是在大火洗劫商業區之後的事。不是在鱗次櫛比的妓院街，而是在小胡同人家的後門，銀平他們沒被發現，把嬰兒扔下後，就輕快地逃走了。

從這家輕快地逃走，銀平和西村都有同謀者的經驗。戰爭期間由於強迫義務勞動，學生也備有膠皮水襪和帆布運動鞋一類破爛鞋襪。他們是扔下了這些東西，從妓院裏逃出來的。他們沒錢沒財，逃跑倒是很輕快。彷彿自己是從自己的恥辱中逃脫出來一般。每當遇到那些耗費鞋子的重勞動，在最繁忙的時候，銀平和西村意味深長地使了眼色。他們想著扔掉那些破鞋爛襪的場所，這是他們最低限度的樂趣。

即使逃走，娼婦的傳票又來了。不僅是催促還錢。不久，銀平他們就要去打仗，前途渺茫，也沒有必要隱瞞地址和姓名。學生出征，學生們是英雄。公娼和公認的私娼被大量徵用或義務獻身。銀平玩弄的大概是暗娼一類的貨色吧。娼妓的組織或紀律也比較鬆散，恐怕是一種不正常的人情關係。銀平他們根本不考慮對方的事，比如什麼害怕戰爭期間的嚴厲懲罰，以及正常情況下是可卑鄙的也罷。輕快地逃走也作為一種小小的冒險，甚至以為會被對方寬恕。銀平他們也完全垮了。逃走已經重複了三、四次，最後乾脆逃之夭夭，這也是幹此等事的一種風習。

連嬰兒也被隨便丟棄在小胡同人家的門口，最後的逃走也就再增加了一項。時值三月中旬，第二天晌午下的雪，夜間就積厚了。人們不至於讓棄嬰凍死在小胡同的犄角裏。

「昨晚太好了呀。」

「昨晚太好了。」

為了談這件事，銀平踏雪走到了西村的寓所。妓院杳無音信。嬰兒去向不明。

棄下嬰兒後一直到輕快地逃走，七、八個月也沒去過的小胡同的那戶人家，是否依然是妓院呢？銀平開始帶著這種疑惑走上戰場。就算那家依然是妓院，銀平的對象，也就是嬰兒的母親，她是否仍在那家呢？暗娼懷孕直到生產之前，難道還一直住在那家妓院裏嗎？生孩子勢必打亂娼婦的生活秩序，在充滿著不正常的人情關係，以及混雜著異常的緊張和麻木的日子裏，妓院不見得不照顧產婦的生活吧。唉，看樣子是沒照顧了。

被銀平拋棄了，那孩子才真正成了棄兒，不是嗎？

西村陣亡了。銀平活著回來，竟能當上學校的老師。

他徘徊在當年妓院街的廢墟上，勞累了。

「喂，別惡作劇了。」銀平大聲自語，自己也呆然了。卻原來是自己對那娼婦說話。娼婦把一個既不是自己的孩子，也不是銀平的孩子，而是借了夥伴不要的嬰兒，扔在銀平寓所的門口。好像是當場被發現，追上去抓住了。

「如今我又不能問問：『那孩子像我嗎？』西村現在已不在人間了。」銀平還在自言自語。

那嬰兒明明是個女孩子，然而使銀平苦惱的這個孩子的幻影，卻莫名其妙地不明性別。而且，大概是已經死了。銀平清醒的時候，不知怎的，他總覺得這個孩子還活著。

幼小的孩子用胖圓的小拳頭使勁地敲打著銀平的額頭。做父親的低下頭來讓孩子繼續敲打。銀平覺得有過這麼一回事，可這是什麼時候的事呢？這也是銀平的夢幻，而非現實。假使孩子還活著，如今已不是那樣幼小了。今後也不可能再有這種事了。

捕螢那天夜裏，銀平從土堤下的路步行而去。那個從土堤的土裏鑽出來、跟隨他的孩子，還是個嬰兒。而且，也是性別不明。他意識到嬰兒再怎麼說，也有男女之分，可這孩子卻不清楚，就覺得它像個個子高而臉上沒有眼、鼻、口的怪物。

「是女孩，是女孩。」銀平一邊喃喃自語一邊小跑步，到了商店鱗次櫛比的明亮街上。

「菸，給我一包菸。」

銀平在拐角第二間鋪子門前，氣喘吁吁地喊道。一個白髮蒼蒼的老太婆走了出來。老太婆性別清楚。銀平嘆了口氣。但是，町枝早已消失在遠方了。不知為什麼，要追憶起這個人世間還有這樣一位少女，似乎還需費一番努力。

銀平變得空蕩蕩、輕飄飄，好像離開了人世間。闊別的故鄉，又浮現在他的眼前。他憶起的，不是暴死的父親，而是美貌的母親。父親的醜，遠比母親的美更清晰地刻印在銀平心間。就像自己那雙醜陋的腳，遠比彌生那雙漂亮的腳更容易顯現出來。

在湖邊，彌生要採集野生山茱萸的紅果，被小刺扎傷了小指；流血的時候，彌生邊吸吮小指的血，邊向上翻弄著眼睛，凝望著銀平說：

「銀平，為什麼不幫我摘呢？你那雙像猿猴的腳丫，跟你父親長得一模一樣哩，不是我們家的血統呀。」銀平氣瘋了，恨不得將彌生的腳插進刺叢中，但他卻沒去觸動她的腳，而是露出牙齒來要去咬她的手腕。

「唉喲，一張猿猴的臉呀。嘻嘻……」彌生也露出了牙齒。

從土堤的泥土中鑽出來的嬰兒，跟著銀平走來，這肯定是銀平的腳像野獸般醜陋的緣故。

銀平沒研究過那個棄兒的腳。因為他壓根兒就不認為那孩子是他的。他自謔自嘲：一旦察看，腳形相似，這不就足以證明那是自己的孩子嗎。嬰兒的腳，尚未踏上這個社會，還很柔軟，很可愛，不是嗎？西方宗教畫的神，周圍飛著的小天使們的腳，就是那樣的腳。踩上了這個人間的泥沼、荒岩和針山之後，就自然變成了銀平這樣一雙腳。

「如果是幽靈，那孩子就不會有腳啦。」銀平喃喃自語。據說幽靈沒有腳，這是誰看見過的象徵呢？銀平這種想法如同覺得從前自己有許多朋友一樣尋常。從銀平本人的腳來說，也許已經不再踩在這世間的土地上了。

銀平在燈光璀璨的街上彷徨，將一隻手掌朝上窩成圓形，要接受從天上掉下來的寶物似的。這個世界上，最美麗的山，不是鬱鬱蔥蔥的高山，而是被火山岩和火山灰弄荒蕪了的高山。在晨曦和夕陽的輝照下，色彩斑斕，可謂萬紫千紅，同朝霞和夕照的天色變化別無二致。銀平必須背叛那個憧憬町枝的自己。

「先生縱令在上野的地下道，我也會去的。」銀平想起久子這像是預言似的愛的宣誓，又像是別離的宣言。銀平出現在上野，心想現在那個地下道不知怎麼樣了。

連這裏也荒涼了，或者說也幽靜了。這些流浪者大概是常住在地下道裏，彼此認識，他們在一側排成一列，有的橫躺，有的蹲坐；有的像是以撿紙屑那種背簍作枕頭，有的鋪上裝炭的空草包或席子。看來有大包巾的人，算是好的了。這是昔日常見的流浪者形象。過路人對他們毫不關心，眼睛朝上，連看也不看一眼。自己也沒有覺得要給別人看。現在就開始睡覺，真是早覺，令人羨慕啊。有一對年輕夫婦，女的枕在男的膝上，男的趴在女的背上，安穩地睡著了。夫妻雙雙圓成一團的睡姿，即使在夜間的火車上，恐怕也難能模仿得那樣自然。活像一對小鳥，一隻把頭伸進另一隻的羽毛裏酣睡。他們的年齡在三十歲光景吧。這一帶夫婦成雙搭伴並不常見。銀平站定凝望著他們。

一陣地下的潮氣，夾雜著烤雞肉串和蒟蒻雜菜味。銀平鑽進一家食鋪的門簾，恍如下到了鋼筋水泥的洞穴，呷了兩、三盅燒酒。他看見身後有個穿花裙的人鑽進門簾來，是個男娼。

一碰面，男娼什麼話也沒說，便送了個秋波。銀平逃走了。並不是輕快的。

銀平窺視了一下地面上的候車室，這裏也籠罩著流浪者的氣味。站務員站在入口處。

「請出示車票。」銀平挨了一句。連進候車室也要車票，這簡直是少見。候車室的牆壁外側，有一群人像是流浪漢，有的呆立，有的蹲靠在那裏。

銀平走出車站，一邊考慮男娼的性別問題，一邊誤入了死巷，遇上了腳蹬長筒膠鞋的女人。她上身穿一件微髒的白襯衫，下身是褪了色的黑褲。是半男裝。在縮了水的襯衫上，看不到豐滿的胸脯。一張萎黃的臉，曬得黝黑，沒有化妝。銀平轉過頭去，擦肩而過時女子就注意他了，她有意靠近銀平，尾隨銀平。有跟蹤女子經驗的銀平，腦後像長了眼睛似的，一有人尾隨，就知道了。銀平腦後的眼睛熠熠生輝。但是，這女子為什麼要尾隨呢？銀平腦後的眼睛也無從分辨。

銀平第一次跟蹤玉木久子，從鐵門前逃出，來到附近的繁華街時，據野雞女郎的說法：「並不是跟蹤而來」，其實表明了跟蹤的事實。現在這女子，從風采來看，不是個娼婦。長筒膠鞋上還沾上了泥濘。那些泥濘也不是濕的。像是幾天前沾上，至今也還沒有洗淨。長筒膠鞋本身也摩擦得發白，有點舊了。天並沒有下雨，卻蹬著長筒膠鞋在上野周圍漫步，這樣的女子究竟是怎麼回事呢？她的腳是不是殘廢了，還是長得難看呢？她之所以穿褲子，也是為了這個緣故嗎？

銀平眼前浮現出自己那雙醜陋的腳，接著想到難看的女子的腳也尾隨而來，就戛然止住腳步，打算讓那女子先過去。但是那女子也停住了腳步。雙方的目光相遇，都像是要探問對方什麼似的。

「我可以為您做點什麼事呢？」女子首先開口問道。

「這句話應該是由我來問的呀。妳是不是跟蹤我來的呢？」

「是你給我送秋波的嘛。」

「是妳給我使了眼色。」銀平邊說邊回想剛才女子擦肩而過時，自己是不是給了她什麼暗號；他認為她確實是不意尾隨的。

「在女人中，妳的打扮有點特別哩，所以我只是瞧了瞧。」

「沒有什麼特別的嘛。」

「妳是什麼人，是被人送秋波才尾隨來的嗎？」

「因為你值得我注意呀。」

「妳是什麼人？」

「什麼也不是。」

「有什麼目的吧？妳跟蹤我……」

「我不是跟蹤你。噢，我是想跟來看看。」

「唔。」銀平再上下把她打量了一下。她的嘴唇沒塗口紅，顏色發黑，有點不正常；嘴裏鑲著金牙。年齡難以判斷，大概是四十開外吧。單眼皮下的目光，像男子一樣乾涸、尖利，要把人弄到手似的。而且一邊眼睛過分細長。黝黑的臉皮，僵直發硬。銀平覺得有點危險。

「好，就到此為止吧。」銀平說著就勢舉起手，輕輕地觸摸了一下女子的胸脯。無疑是個女子。

「你幹什麼？」女子抓住了銀平的手。女子的手掌鬆軟柔嫩。不像是做勞力活的。

確認一個人是不是女子，銀平也是第一次經驗。明知她是個女人，還通過自己的手去確認是個女人，銀平奇妙地放下心來，甚至感到可親可愛了。

「好，就到那邊去吧。」銀平再說一遍。

「你說那邊，是到哪兒呢？」

「附近有沒有舒適一點的小酒館？」

銀平探問了有沒有帶著這種異樣打扮的女人也能進去的酒館之後，又回到了燈光明亮的大街上。他走進一家賣五香菜串兒的小吃店。女人也跟著進來。有的坐席在五香菜串兒鍋的周圍，圍成工字形。有的坐席則遠離五香菜串兒鍋。工字形周圍的坐席，大致上都已坐滿了客人。銀平在靠入口的坐席上落座。寬敞的入口掛著半截門簾，下方可以望見過路人的胸脯。

「妳喝白酒還是喝啤酒？」銀平說。

銀平沒有打算把這個一副男子骨骼的女人怎麼樣。他知道已經沒有危險，另外沒有目的也是輕鬆愉快的。喝白酒還是喝啤酒也就悉聽其便了。

「我喝啤酒。」女人回答。

這家酒館子除了五香菜串兒以外，還能做幾個簡單的菜肴，菜單紙牌成排地掛在牆上。叫什麼菜，也會聽女方的選擇。從女人厚顏無恥的樣子來看，銀平覺得，這女人是不是為不三不四的人家拉客呢。如果是那樣，他也就想通了。但是銀平沒有說出口。女人也許發現銀平有什麼危險，也就沒有去引誘他。或許是對銀平產生某種親近感，才跟蹤而來的吧。總而言之，這女人似乎已經拋棄了她最初的目的。

「人生的一天，真是奇怪啊。不知會發生什麼情況呢。我妳萍水相逢，竟與妳喝起酒來了。」

「是啊，是萍水相逢啊。」女子只喝了一杯，就很熱切地說。

「今天和妳喝個痛快就算了。」

「就算了。」

「今晚從這兒就回家？」

「就回家。家裏孩子在等著我呢。」

「妳有孩子？」

女子依然連續喝了幾杯。銀平盯視著女人喝酒的模樣。

一夜之間，在捕螢會上看見那少女，在土堤上被那嬰兒的幻影跟蹤，現在又這樣地與一個萍水相逢的女子喝酒……無論如何銀平也難以置信。而難以相信的，肯定是因為這女人長得醜陋。銀平現在必須這樣認為，在捕螢會上看到美貌的町枝，是似夢非夢；在小酒館裏和醜陋的女人在一起，卻是現實。不過，銀平又覺得，自己是為了尋求夢幻中的少女，才與這個現實中的女人對酌的。這女人愈醜陋愈好。由於這樣，町枝的面影也像浮現了出來。

「妳為什麼要穿長筒膠靴呢？」

「出門的時候，以為今天會下雨。」女子的回答很明快。一種誘惑力吸引了銀平，那就是想看藏在長筒膠靴裏的女人的腳。要是這女人的腳醜陋無比，這對象於銀平來說就最合適不過了。

女人愈喝益發醜態百出。她那雙眼睛一大一小，小的一邊顯得更小了。她用那隻小眼睛向銀平飛了一眼，肩膀搖搖晃晃地傾斜過來。銀平抓住她的肩膀，她也不回避。銀平感到就像抓了一把瘦骨頭。

「這麼瘦，怎麼成呢？」

「沒法子啊。要靠一個女人養活一個孩子。」

據她說，她和孩子兩人在死巷裏租賃了一間房子。女孩子十三歲，在上中學。丈夫陣亡了。這話究竟是真是假，不得而知。她有孩子，倒像是真的。

「我送妳回家吧。」銀平反覆說了好幾次，女人點了點頭。

「家裏有孩子，不行呀。」女人終於鄭重地說。

銀平和那女人是向著廚師並肩而坐的，不知什麼時候，女人已轉向銀平，身體鬆軟下來，像是要偎依在銀平身上。這是一種跡象，大概是要委身於銀平了。銀平一陣哀傷，彷彿來到了人世的盡頭。其實了不至於到那個地步。說不定是晚上看見了町枝的緣故吧。

女子的喝相也著實不太雅觀。每次要酒，她都偷偷瞟了瞟銀平的眼色。

「還可以再喝一瓶吧。」銀平最後說。

「醉酒不能走路啦，可以！」她說著把手扶在銀平的膝上。

「只可以再喝一瓶，請倒在杯裏。」

杯裏的酒，從她的嘴唇邊上邋邋遢遢地流了下來，灑落在桌面上。她那張曬黑了的臉，紅黑裏透紫。

從五香菜串小吃店一走出來，女人便挽著銀平的胳膊。銀平抓住女子的手腕。出乎意料地膩潤柔滑。路上他們遇見了賣花姑娘。

「買花吧，帶回家給孩子。」

可是，女子來到昏暗的街落，便把這束花寄存在一家中國麵攤的攤位裏。

「大叔，拜託了，過一會兒馬上就來取。」

女子把花束遞過去，醉態又畢露了。

「我好幾年沒跟男人過夜啦。不過，沒法子呀。只能說咱們的關係是『運氣已盡，活該倒楣』。」

「唔，這倒也合適。沒辦法啊。」銀平勉強地迎合著說。但銀平對自己帶女子行走，只感到嫌惡而已。唯有一種誘惑在蠢動，那就是他想看看女人藏在長筒膠靴裏的腳。但是這個，銀平似乎也看到了。女人的腳趾不是銀平那樣像猿猴，可也不好看。茶色的皮膚無疑很堅厚，一想到和銀平兩個人伸長赤腳，不禁催人嘔吐了。

到那兒去呢？銀平聽任女子擺布了好一陣子。拐進死巷裏，來到了農神廟前。旁邊是可帶情人住宿的旅館。女子猶豫了一會兒。銀平鬆開了女子一直挽著他的那隻胳膊。女子倒在路旁。

「既然孩子在家裏等著，還是早點回家吧。」銀平說著揚長而去。

「混蛋！混蛋！」女子呼喊，撿起廟前的小石子連連地扔了過去。一塊石子擊中了銀平的腳踝。

「好痛！」

銀平一瘸一拐地走了，一股淒涼的心緒悄悄地爬上了心頭，他思忖著：在町枝的腰帶掛上螢籠之後，為什麼不直接回家呢？他折回到租賃的二樓住房，脫下了襪子，只見腳踝有點紅腫了。

別愛我

紀大偉

川端康成的小說常以奇癖為主題，敘寫年長男子貪愛少女的《睡美人》就是有名的例子。這些奇癖，在川端的生花妙筆下是雅事，但在尋常生活中惹人物議。在《湖》中，主人翁銀平的雅癖則是跟蹤女子。他讓我聯想起成長過程中許多人聽過或幹過的傻事：暗戀了某人，悄悄調查出對方的電話地址星座血型，甚至逕自到對方家門口等人，不敢堵人，但至少想多看對方一眼，不管對方認不認識自己。

後來人在洛杉磯，才知道這種痴情是犯法的。當年少年維特的煩惱行徑，在對人際距離超級敏感的美國社會裡足以定罪。加州官方設立的「別愛我」可愛網站（www.lovemenot.org）再三叮嚀防範銀平之類的跟蹤者。跟蹤他人（在網路上亦然），一旦讓對方覺得不舒服，就可能挨告。這種行為叫「stalking」。我聽說幾個stalking的故事，受罰的女、男、異性戀、同性戀都有，都被判必須和苦主保持一截固定距離（如二十公尺）；如果被告侵入判定的安全距離，警察就要出動。

在此並無意討論銀平之類跟蹤者以及「別愛我」反擊者的是非對錯，只想指出讓人驚嘆的文化現象：文明社會採用既科學又原始的方式，仗量操控人類的本能衝動。於此，難免聯想起佛洛伊德的舊書，《文明及其不滿》。此書指出，文明社會強調美感、清潔、秩序，而活在文明社會的眾人必須俯首稱臣，壓抑自己的本能衝動（因為本能衝動可能是不美，不潔，不守秩序的），並且追求文化理想。眾人發現文化理想並非輕而易取，卻又要壓制自己的性慾以及好勝心，自然挫折不已。然而，世人的挫折就是文明社會的勝利，快樂是求之不得的奢侈品。人人未必為我，而我必為人人。文明人恐怕找不到理想的出路，要不是被文明社會放棄（如，成為精神錯亂的零餘者），就是自行放棄文明社會（可是又有何處可去？）。六〇年代歐美日的群眾反文明運動早已轟然謝幕，至今只剩日本新宿等地酷少年在髮型衣著上的迷你規模叛亂。「我愛你」的口號蛻變成為「你別惹我」，人人化身為一球球刺蝟。

眾人受苦，通常從宗教尋求安慰。據說，當年佛洛伊德曾向作家羅曼羅蘭抱怨宗教的虛妄。羅曼羅蘭嘆道，我同意你對宗教的批評，但我惋惜你未曾享受宗教給人「海洋般」的永恆慰藉。這種海洋一般寬闊的慰藉，始終沒有打動佛洛伊德——不過他也因而持續思考本能衝動和文明社會的互動，直到晚年。在文明社會，每個人都像是跑迷宮的機械老鼠，同時應付自己的本能衝動以及社會加諸身上的要求。如果不信教，就自求多福吧。中國上海在一九三〇年代出了新感覺派小說家施蟄存、劉吶鷗、穆時英等人，似乎深炙佛氏思想，寫出不少荒誕小說（不乏類似川端《睡美人》的作品），小說人物多是對文明既迎還拒的精神衰弱者和性變態人士。文明社會操弄眾人，讓人歇斯底里，並不是新鮮事。

《湖》的主人翁銀平一出場，他就渾身冒出罪惡感的氣味，而這股氣味強調了他的神經質。「眼下又有點膽怯。覺得像犯罪似的。」佛洛伊德即表示，罪惡感是文明社會送給世人的禮物——只要世人都承受罪惡感陰魂不散的監視，放棄私自的快樂，文明社會就可繼續進化。銀平跟蹤女子，但他豈不是也被更巨大的幻影所跟蹤呢？螳螂捕蟬，黃雀在後，銀平恐怕終究淪為逃難者。銀平在澡堂的遭遇也頗有寓意（文學中出現的澡堂場景往往都有寓意，在日本文學中尤其如此，而在川端小說中更是如此）：他在澡堂裡的忍受多過享受，蒸氣箱宛如斷頭台。澡堂裡的女侍與其說是意淫的對象，不如說是律法的代表（她不斷誦出在澡堂裡該執行的規矩）。為何上澡堂呢？或許只是出於文明的慣性，而與快樂無關。

「人類就是人類的豺狼。」——佛洛伊德引述羅馬劇作家普拉特斯說道。《湖》裡克制不了身體抽搐的狼男要咬人，也將被咬。不過眾人的噬咬都很文明，不至於會血肉亂濺，畢竟要保持美感、清潔、秩序。

（本文作者為知名作家，美國加州大學洛杉磯分校比較文學博士）

川端康成文集 6

湖
MIZUUMI

作者　川端康成
譯者　唐月梅
執行長　陳蕙慧
總編輯　陳郁馨
主編　張立雯
電腦排版　極翔企業有限公司

社長　郭重興
發行人兼出版總監　曾大福
出版　木馬文化事業股份有限公司
發行　遠足文化事業股份有限公司
地址 231新北市新店區民權路108之4號8樓
電話 02-2218-1417　傳真 02-8667-1891
email: service@bookrep.com.tw
郵撥帳號 19588272 木馬文化事業股份有限公司
客服專線 0800221029
法律顧問　華洋國際專利商標事務所 蘇文生 律師
印刷　成陽印刷股份有限公司
二版1刷　2016年4月
二版4刷　2020年2月
定價　新台幣250元

ISBN 978-986-359-226-6

國家圖書館出版品預行編目(CIP)資料

湖 / 川端康成作；唐月梅譯. -- 二版. -- 新北市：木馬文化出版：遠足文化發行, 2016.04
面；　公分. --(川端康成文集；6)
ISBN 978-986-359-226-6（平裝）

861.57　105002432